逃げた名馬——公家武者 信平《のぶひら》(二)

第一話　逃げた名馬

一

　この日、鷹司信平《たかつかさのぶひら》は、昨年の秋に登城した折から言葉を交わすようになっていた旗本・青山主計《あおやまちから》の茶会に招かれ、明るいうちに帰途についていた。

　赤坂の道のほとりには、先日降り積もった雪が寄せられ、まだ消えていない。

　町の子供たちがその雪を玉にして投げ合い、楽しそうに遊んでいる。

　福千代《ふくちよ》も雪を喜び、佐吉《さきち》の息子・仙太郎《せんたろう》を相手に雪で遊んでいたのだが、昨日から風邪をひいてしまい、今日は大人しくしていることだろう。

　元気を出させるために、手土産の菓子を食べさせてやろう。

　そう思いつつ歩いていると、道の先から、暴れ馬だ、という男の大声がした。

女の悲鳴が町中に響き、商家の前を歩いていた人たちが逃げている。

こちらに向かってくる栗毛《くりげ》の馬が見えた。

雪合戦をしている子供たちも気付き、

「おい、隠れろ！」

年上の男子が遊び仲間を連れて物陰に隠れたのだが、一人だけ反対に逃げてしまった。

その男児は一人でいることが不安になり、皆のところに行こうと道に出た。

すぐそこまで来ていた馬は止まる気配がない。

町の者たちから悲鳴があがった。

男児は、迫る馬に恐怖して足がすくみ、両手で目を覆った。

踏まれる。

誰もがそう思った時、白い狩衣《かりぎぬ》の袖が舞う。男児は、馬に当たる寸前で信平に助けられた。

信平の供をしていた江島《えじま》佐吉が道の真ん中で両手を広げるや、馬は止まり、前足を高く上げて嘶《いなな》いた。佐吉はすかさず手綱をつかみ、怪力をもって引き止める。

馬は暴れて逃げようとするも、

「どう！　どう、どーう！」

佐吉は手綱を引き寄せて馬の首をたたいたが、後ろ足を蹴り上げて暴れ、逃げようとする。

「おい、大人しくせい。こら！」

佐吉の剛力をもってしても、馬を抑えきれず、手から離れそうになった。

葉山善衛門《はやまぜんえもん》が手を貸し、二人がかりで手綱を引いて馬の足を避けられるようにしたことで、程なく馬は暴れなくなり、なんとか落ち着きを取り戻した。

町の者たちから安心した声があがり、信平と佐吉に、惜しみなく称賛が浴びせられる。

男児の母親が駆け寄ったので、信平は渡した。我が子を抱きしめた母親が、何度も頭を下げるので、

「よかった」

信平は笑みを浮かべて、男児の頭をなでてやる。

人混みを分けて出てきた若い侍が、信平の前で崩れるように座り、

「かたじけのう、ございます」

真っ青な顔で頭を下げたのだが、そのまま気を失ってしまい、横に倒れた。

信平が助け起こすと、善衛門も手を貸した。

二人で近くの茶店に運んで長床几《しょうぎ》に寝かせ、介抱してやると、侍の顔に血の気が戻り、程なく目を開けた。

少しのあいだ、ここはどこかという顔をしていたが、信平に眼差《まなざ》しを向けて身を起こした。

「わたしは、気を失ったのですね。重ねてご迷惑をおかけし、申しわけございません」

「だいじないか……」

「はい」

信平の横にいる善衛門が言う。

「いきなり倒れられたので驚きましたぞ。どこぞ、身体の具合が悪いのか」

すると侍は、苦笑いで首を横に振る。

「子供にぶつかりそうになりましたので、血が頭にのぼったのでしょう。お恥ずかしいかぎり」

侍は、信平に顔を向けた。

「わたしは、将軍家直参旗本、大藪為康《おおやぶためやす》と申します。もしやあなた様は、来月江戸にまいられる御勅使《ごちょくし》のために下見に来られている御公家《おくげ》ですか」

大藪は、信平の狩衣姿を見て勘違いをしたらしい。

善衛門が口をむにむにとやっている。

信平は、薄い笑みを浮かべた。

「いえ、この身なりをしていますが、わたしも直参旗本。鷹司信平です」

先の将軍家光《いえみつ》の正室・本理院《ほんりいん》の弟だと分かり、大藪は目を見開いた。

「お名前は存じております。ご無礼を申しました」

立ち上がって頭を下げたのだが、足下がふらついたので、信平が手を差し伸べて座らせた。

「すみません」

「いや」

信平が佐吉に眼差しを向ける。

「馬を引いて、送って差し上げよ」

「はは」

応じた佐吉が馬を引こうとしたのだが、大藪は、それにはおよびませぬと言った。

「わたしは、馬を売りに行くところでございますので」

「さようでしたか……」

不審に思う信平は、馬に眼差しを向けた。

善衛門が、それでじゃ、と言った。

「馬は売られると分かって、逃げたに違いない。ほれ、見てみなされ。耳を伏せて険しい目をしておるわ。怒っておるぞ」

大藪は困り顔で、ため息を吐いた。

佐吉が馬の首をたたきながら言う。

「これほどの馬を、手放すのですか」

「好きで手放すのではございませぬ」

大藪は、惜しい気持ちを言葉でぶつけた。

「弟が多額の借財をしてしまい、売らなければどうにもなりませぬ」

善衛門が眉根を寄せた。

「貴殿は旗本と申されたが、馬を持っておられるなら、それ相応の石高でござろう。騎馬の許しは」

「ございます」

「売った後も、所有する義務が果たせますのか」

「この馬は、しかるべきところに出せば、少なくとも五百両の値が付きましょうから、それで借財を終わらせ、残った金で駄馬を買います」

善衛門が驚いた。

「五百両とは、ずいぶんいい値だが、まことにそれほどもするのか」

「します。父が存命の時は、七百両で買いたいと言う者がおりましたので」

佐吉が、納得した顔で馬の頭をなでてやる。

「この馬なら、欲しがる者がおりましょう」

馬はなでられるのを嫌い、逃げようとした。

「おおよし、よし。暴れるな」

佐吉が手綱を引いて落ち着かせた。

善衛門が言う。

「気性が荒そうだが、確かに肉付きと姿がよい。足が速いのか」

「はい。昨年、父が馬場で速駆けをさせた時は、競った旗本のどの馬にも負けませんでした」

「そのような自慢の馬を借財のために手放さねばならぬとは、寂しゅうござろう」

善衛門の言葉が胸に刺さったらしく、大藪の目に涙がにじんだ。

善衛門が言う。

「馬もいやがっておるのだし、なんとかならぬものかの。話して待ってくれる相手ではないのか」

「どうにもなりませぬ」

大藪が辛そうな顔をした。

そこへ、がらの悪い連中が駆けつけて、馬を囲む。

「こんなところにいやがったか」

三十代の男が、鋭い眼差しで馬を見て言い、佐吉に顔を向けた。

「お侍、この馬はおれたちが連れて行きやすんで、手綱をよこしてください」

手下が馬の首を触ったので、大藪が焦った。

「お前たち何をする。わたしの馬に触れるな」

大藪を馬鹿にした薄笑いを浮かべた三十代の男が歩み寄る。

「旦那、この馬と引き換えに借財は帳消しだ。文句はねぇでしょう」

「馬鹿を申すな。借財は百両ではないか。馬を持って行かれたのでは割に合わぬ」

三十代の男の顔に怒気が浮かんだ。

「つべこべおっしゃっちゃいけませんや、旦那、こちとらガキの使いじゃねぇんだ」

「しかし……」

たじろぐ大藪を見て、善衛門が口をむにむにとやり、あいだに立った。

「おい。金を払うと言うておるのだから、待ってやれ」

男が睨《にら》む。

「そうはいきませんや。こちらの旦那の弟様が、馬を借財のかたにされていなさるんですよ」

善衛門が大藪を振り向いた。

「この者が言うておることはまことか」

「いや、違う。馬はわたしのものだ」

「うむ」

うなずいた善衛門が男に言う。

「そういうことだそうだ。帰れ」

「帰りますとも。おう、馬を連れていけ」

手下が佐吉から手綱を引き取ろうとしたが、怪力でにぎりしめているのでびくともしない。

「離せ、この野郎」

手下が強く引っ張ったので、馬がいやがった。

馬を気づかった佐吉が手を払いのけ、手下を遠ざけた。

三十代の男がきびすを返して佐吉に向かおうとしたのだが、大藪が腰にしがみつく。

「待ってくれ。この方たちは関わりがないのだ。金は必ず返すから帰ってくれ」

「そうはいくかい。馬はいただいて行く。離せ」

「頼む。やめてくれ」

離せ離さぬのもみ合いになり、大藪が引き戻そうとしたので男が大げさに転び、右腕を怪我《けが》したと言って騒ぎ立てた。

手下が二人、大藪に迫る。

「兄貴に怪我させやがって。おう！　どうしてくれるんだい！」

「薬代を払いやがれ！」

「そ、そんな……」

大藪は、今にも泣きそうな顔をしている。

黙って見ていた信平は、倒れている男のところに行った。

狩衣姿に、男が気おじした顔をする。

「な、なんだいあんた」

「麿《まろ》が傷を診てやるゆえ手を出せ」

「いい、ほっといてくれ」

「そうはいかぬ。肩が外れておるやもしれぬゆえ、家来に診せよう。佐吉」

「はは」

馬の手綱を善衛門に託した佐吉が、指を鳴らして腕の筋肉を盛り上げながら、男に歩み寄る。

佐吉を見上げる男の横に片膝をつき、右腕を押さえている左手の手首をつかんで離し、傷を見る。

「なんじゃ、かすり傷ではないか」

「うるさい！　怪我は怪我だ！」

「言いがかりだな。肩も外れておらぬようだし、唾を付けておけば治る」

「治るもんか！」

男が大声を張りあげて怒るのに応じて、佐吉の後ろにいた手下が拳を振り上げた。

「この野郎！」

殴りかかった手下の拳を手のひらで受け止めた佐吉が、強くにぎる。

「いてぇ！　離しやがれ！」

顔が真っ赤になった手下は、痛みに耐えかねて悲鳴をあげた。

別の手下が佐吉に飛びかかり、引き倒そうとしたが、大男の佐吉はびくともしない。首に回された腕の手首をつかんで解き、軽くひねり倒した。

敵《かな》わぬ相手と恐れた男が後ずさり、大藪に言う。

「借財返済の期日は今日までだ。日が暮れるまでに百両持ってこないと、倫太郎《りんたろう》は帰さないからな」

「弟は、お前たちのところにいるのか」

「おうよ。いいか忘れるな。日が暮れたら、利息は十両だからな！」

「覚えてやがれ！」

手下が佐吉に負け惜しみを言い、借金取りは帰っていった。

信平は大藪に手を貸して茶店の床几に座らせ、戸口で見ていた店の者に水を頼んだ。

すぐ持ってきてくれた水を大藪にすすめたが、飲みたくないと首を横に振る。

浮かぬ顔の大藪に、信平が訊《き》く。

「弟は、賭けごとで借財をつくったのか」

大藪は首を横に振り、ため息を吐いた。

「なんのための借財か分かりませぬが、弟のためと思うて馬を連れてきました。町中でこのようなことになり、恥ずかしゅうございます」

民の手本とならねばならぬ旗本が借金をつくり、がらの悪い連中にいいように言われる姿は、恥ずべき姿。

取り囲んでいる町の者たちが大藪に向ける眼差しは、侮蔑を帯びている。

大藪は恥ずかしさに耐えかねて、立ち上がった。

「お助けいただき、かたじけのうございました」

信平に頭を下げ、馬のところへ歩もうとしたのだが、足がふらついた。

佐吉が受け止めた時には、すでに意識がない。

「殿、これは尋常ではございませぬぞ」

「ふむ。このままにはしておけぬ。屋敷《やしき》へ」

「はは」

佐吉は大藪を背負い、善衛門は逃げようとする馬をなだめつつ、信平に従って赤坂の屋敷へ帰った。

二

松姫《まつひめ》の実家、紀伊徳川《きいとくがわ》家の奥医師をしている渋川昆陽《しぶかわこんよう》が信平の屋敷に来たのは、夕暮れ時だった。

辛そうな大藪の身体を調べた昆陽は、険しい顔で問う。

「この腹の痣《あざ》は、いかがしてついた」

「…………」

答えぬ大藪に、付き添っていた佐吉が訊く。

「昼間の奴《やつ》らですか」

「いや、違います」

必死の形相で言う大藪に、佐吉が意外そうな顔をした。

「では、誰にやられたのです。弟御の借財が他にもあるのですか」

「ありません。恥ずかしいことなのですが、このようなことになったのは……」

しゃべろうとした大藪が辛そうに呻《うめ》いて腹を押さえたので、昆陽が手を添える。

「痛むか」

「はい」

大藪は、息が詰まった声で答えた。かなり痛そうだ。

「ここは痛むか」

昆陽がへその右を押さえると、大藪は顔をゆがめて呻いた。

「強く痛みます」

「うぅむ」

難しい顔をした昆陽は、盥《たらい》の水で手を清めて布で拭きながら、弟子に薬の調合を命じた。

「今から出す薬を飲んで、眠りなさい。食べ物は口にせぬように。わしがいいと言うまで外へ出歩いてはならぬぞ」

「しかし、ここで御厄介になれませぬ」

「案ずるな。信平殿にはわしから頼んでおく。部屋におられるかの」

訊かれた佐吉が顎《あご》を引き、大藪に言う。

「先生がおっしゃるとおり、遠慮なされますな。ささ、薬を」

佐吉は身を起こす手助けをして、大藪に薬を飲ませ、ふたたび横にさせた。

この時自分の部屋にいた信平は、千下《せんげ》頼母《たのも》と茶会への返礼の相談をしていたのだが、昆陽が来たので、後のことは頼母に任せた。

部屋を出る頼母と入れ替わった昆陽が、険しい顔で信平の前に座る。

「いかがですか」

信平が訊くと、昆陽が唸った。

「どうも、大籔殿は何か隠しておるようです。腹の痣は見られましたか」

「いえ」

「へそのあたりに殴られたような痣があるのですが、身体中に傷がございます。あばら骨も一本折れておりますが、腹の具合はそれよりも悪うございます。おそらく、臓《ぞう》腑《ふ》が傷ついておりましょう」

「助かるのですか」

「こればかりは分かりませぬ。痛みを抑える薬を出しておきましたが、三日四日は動かしてはなりませぬ。痛みが引けばよいのですが、四日過ぎても変わらぬようであれば、次の手を考えねばなりますまい。また明日参りますが、今夜のうちにひどく苦しむようならお呼びください」

「分かりました」

「できれば、どのようにして怪我をしたのか知りとうございます。わたくしには申しませぬが、信平様にならうちあけるやもしれませぬな」

「訊いてみましょう」

「うむ。ではちと、若君の顔を見て帰りましょう。咳《せき》はまだお出になられておりましょうかの」

「おかげさまで、昼から出ておらぬようです」

「悪い風邪でのうて、ようござった」

「はい」

「若君の薬は、これにいたしましょう」

昆陽は手箱から水飴《みずあめ》を出して見せ、白髪の眉毛をへの字にした。

信平も笑みを浮かべる。

「喜びましょう」

「では、これにて」

昆陽が下がったので、信平は大藪のところへ行った。

付き添っていた佐吉が、先ほど眠ったというので、傷のことで何か言っていたかと訊いた。

だが、大藪は何も言わずに眠ったらしい。

「よほど疲れておられる御様子」

「あばらも一本折れ、臓腑に傷があるやもしれぬそうじゃ」

「そんなに悪いのですか」

「ふむ」

「いったい、何があったのでしょうか」

「分からぬが、よほどのことであろう。痛みで目がさめるようなら、昆陽先生を呼ばねばならぬ。今夜は、目を離さぬように頼む」

「承知しました」

信平は佐吉に任せて、部屋に戻った。

大藪はその後、熱が出たのだが、昆陽を呼ぶほど容体が悪くならずに夜が明けた。

朝には熱も下がり、昼前に来た昆陽の許しを得て、お初《はつ》がこしらえた重湯を少々口にした。

昼を過ぎて城から戻った信平は、佐吉から様子を聞いて安心し、大藪を見舞った。

部屋の前に行くと、床から庭を眺めていた大藪が笑みを浮かべた。

「すっかりお世話になり、かたじけのうございます。寝たまま、ご無礼を」

「気になさらずに。それより、具合はいかがか」

「おかげさまで、動かなければ痛みは感じません」

そばに座った信平に、大藪が言う。

「馬は、暴れていませんか」

心配そうな言葉を向けられ、信平は顎を引く。

「二年前から空いている厩《うまや》がありますので、そこで落ち着いているようです」

大藪が、察した顔をした。

「空いたとは……」

「黒丸《くろまる》と名付けて可愛《かわい》がっていた馬がいたのですが、寿命をまっとうしました」

「それは、お寂しゅうございますね」

大藪が気の毒そうに言うので、信平は眼差しを下げて言う。

「可愛い馬を手放すのは、お辛いことでしょう」

「弟のためですから、いいのです」

「倫太郎殿は今、どこにいるのですか」

「おそらく、小伝馬町《こでんまちよう》の、木曾屋《きそや》郡治郎《ぐんじろう》が宅かと」

言った大藪が、不思議そうな顔をした。

「聞いて、いかがなさいます」

「借財があるとはいえ、昨日の連中が申したことは脅しも同然。馬を手放さずともすむ手を考えるためにも、まずは、人質を取り戻したほうがよろしいかと」

「しかし、わたしにはどうにも……」

「これも何かの縁。手を貸しましょう」

「何をされると……」

「これより麿がまいり、弟殿を連れて帰ります」

大藪は目を見張った。

「おやめください。信平様のお手をわずらわせるのは、おそれおおいことでございます」

「遠慮されますな」

「お心遣いは嬉《うれ》しいのですが、これは大藪家のことでございますので、どうかおやめください」

「まことに、よろしいのか」

「はい。少々遅れても弟は殺されませんので、歩けるようになれば、迎えに行きます」

固辞されては、いかに信平とて動けぬ。

「では、焦らず傷を癒やされよ」

「かたじけのうございます」

「身体のことだが、昆陽先生が、臓腑に傷が入っていると案じておられる。何か道具で打たれたのか、それとも拳によるものか」

「お話しするのをためらうほど、恥ずかしいことでございますよ。痛みも引いてきましたので、明日には動けましょう」

大籔は苦笑いを浮かべるばかりで、答えようとしない。

信平はそれ以上は訊かず、部屋を出て自室に戻った。

すぐに善衛門が現れ、どうだったか訊く。

「傷を負わせたのが誰か分かりましたか」

「話したくないようだ」

「さようですか。よほどのことでござるのでしょうな」

「今はそのことよりも、弟のことが心配だ」

「確かに。期日を過ぎましたからな」

「佐吉はいるか」

「呼びましょう」

善衛門が廊下に出て名を呼ぶと、程なく佐吉が現れた。

部屋に入った佐吉が座るのを待ち、信平が言う。

「大藪殿の弟が、小伝馬町の木曾屋にいる。どのような様子か、鈴蔵《りんぞう》に調べさせてくれ」

佐吉が困惑顔をした。

「それが、鈴蔵は今、手が離せないことに」

善衛門が不思議そうな顔をした。

「殿の命が聞けぬとは、いかがしたことなのだ」

「大藪殿の愛馬でございますよ。昨夜は厩で大人しくしていたようですが、主人にしか懐かぬ馬のようで、油断しますと柵を破ろうと身体をぶつけますので、今朝から手を焼いております。怪我をさせては、可哀想《かわいそう》ですから」

善衛門が眉間にしわを寄せて言う。

「それは目が離せぬな。殿、お初に頼みますか」

「ふむ。麿から頼もう」

応じた善衛門が、お初を呼びに行こうとしたので、信平は大藪のことを頼み、自ら台所に足を運んだ。

板の間に入るなり、

「うははは」

聞き覚えのある馬鹿笑いがした。

墨染めの羽織《はおり》を着けた背中を向けた五味正三《ごみしようぞう》が、炊事場に立つ下女のおつうたちを相手に、話に花を咲かせている。

おきぬが信平に気付いて頭を下げたので、五味が首をねじ曲げ、

「信平殿、いいところに来られた。一つどうぞ」

差し出された菓子折りは、真っ白くて丸いものが入っている。

「まんじゅうか」

「そう見えて違うのですよ。美味《おい》しいですよ」

おきぬが言うのに微笑《ほほえ》んだ信平は、菓子を一つつまみ、台所を見渡した。

「お初はおらぬか」

それには五味が答えた。

「菓子を奥方様にお届けしているぞ」

「そうか。では待つとしよう」

五味のそばに座り、菓子を口に運ぶ。

ふわりとした舌ざわりで、中には何も入っていない。甘味は控えめだが、ほのかにみかんの香りがする。

「泡菓子か。旨《うま》いな」

「そうだろう。近頃日本橋で商売をはじめたのだが、行列ができる繁盛店だ」

「さようか」

信平は、おきぬが出してくれた茶を一口飲み、ふと気付いて五味に顔を向けた。

「ちと、訊きたいのだが」

「なんなりと」

「小伝馬町に、木曾屋があろう」

「あるな」

「あるじは、どのような者だ」

「郡治郎か……」

五味が腕組みをした。帯に差している十手の紫房が揺れる。

「荷馬と早馬を揃《そろ》えて、江戸のみならず、手広く商売をしているのだが、なにせ気性が荒い男なので、あまりいい噂《うわさ》は聞かないなぁ。信平殿の手をわずらわせるようなことをやらかしたのか？」

「いや」

信平は、大藪のことを教えた。

すると五味は、おかめ顔の顎を突き出して、眉間にしわを寄せた。

「借財のかたに旗本の馬をよこせというのは、郡治郎なら言いかねないが、弟まで人質に取るとは、妙な話だな。しかも、弟は借財をした張本人だろう」

「大藪殿は弟思いゆえ、木曾屋はそこに付け込んだのであろう」

「そういうことなら、お初殿が行くまでもない。おれが行って取り戻してやろう」

「いや、それでは真相が分からぬようになるゆえよい」

「真相？」

「ちと、気になっていることがあるのだ」

五味は探る眼差しを向けた。

「信平殿の勘が働いたとなると、厄介なことになっていそうだな」

「外れておればよいのだが」

そこへ、お初が戻ってきた。

信平がいたので驚いたようだが、五味が微妙な笑顔をしたので役目と悟り、神妙な顔で近づいた。

信平が言う。

「ちと、頼みがある」

お初は真顔で顎を引き、前垂れを外した。

三

その日の夜、木曾屋では、苛立《いらだ》った郡治郎が膳をひっくり返し、酌をしようとしていた手代の顔を平手でたたいた。

「酒がまずい」

「申しわけございません」

平あやまりする手代を睨みつけた郡治郎は、障子を開けて廊下に出ると、明かりがある部屋の前に行って障子を開けはなった。

中で酒を飲んでいた男たちが人相の悪い顔を向け、郡治郎と知ってすぐに目をそらした。

郡治郎はその者たちを鋭い眼差しで見回す。

男たちは誰も目を合わせず、静まり返っている。

郡治郎は、上座にいる三十代の男のところに行き、怒りの声をぶつけた。

「宗次《そうじ》！　大藪の兄はまだ家に帰らないのか！」

宗次と呼ばれた頭目が、恐々として言う。

「手下からは、何も……」

郡治郎が宗次の膳を蹴り飛ばした。

「何が手下だ。酒を飲む暇があるなら、お前も探してこい！」

騒ぎを聞いた若い侍が襖《ふすま》を開けて入り、郡治郎に言う。

「いかがしたのだ」

郡治郎が睨んだ。

「倫太郎さん、兄上が早影《はやかげ》といなくなっちまったんですよ」

「何！　まさか、兄は逃げたのか」

「いくら無役の御旗本でも、勝手に江戸から出たんじゃ出奔だ。あの兄上に、そんな度胸はねぇでしょ」

「まあな」

倫太郎は腕組みをして、宗次を見た。

「早影を受け取りに行ったのではなかったのか」

宗次が睨み返す。

「行きましたがね、一足違いで馬を売りに出られていたので後を追って引っ張って帰ろうとしたら、妙な野郎たちに邪魔をされたんですよ」

「妙な者とは？」

「若いのは狩衣を着けていたので公家でしょうかね。年寄りと大男は侍のようでしたが、強《つえ》ぇのなんの。商人のあっしらじゃ、歯が立ちやせんや」

不機嫌に言うので、郡治郎が頭をたたいた。

「何が商人だ、喧嘩《けんか》ばかりしているごろつきのくせに。こんな時に役に立たないでいつ恩を返すんだい」

「そんなこと言ったって……」

宗次は言いかけて、目をそらした。

「言いたいことがあるなら言ってみろ！」

郡治郎が怒鳴るので、宗次は強がった顔を向けた。

「見上げるような大男ですよ。ありゃ、まるで鬼だ」

郡治郎が、けっ、と息を吐き捨てた。

「どうしてそいつの後をつけなかった」

「そ、それは……」

「邪魔をされた赤坂あたりを探ったのか」

「いえ」

「この大馬鹿者めが！」

郡治郎は宗次を殴った。

「おいよさぬか」

倫太郎が止めたので、郡治郎は怒りが収まらぬまま、その場から去った。

宗次は唇ににじむ血を指で拭い、

「なんでい」

と、吐いたものの、親分の郡治郎にたてつくはずもなく、座って口に酒を流し込む。

傷にしみると言って顔をゆがめる宗次に、倫太郎は酒をすすめて何か言った。

だが、黒装束をまとい、暗い庭に潜んで探っていたお初には聞こえなかった。

宗次と手下たちは、倫太郎の言葉にうなずき、酌を受けている。

そこへ、郡治郎が戻ってきた。

「おいお前ら。明日は必ず見つけてこいよ。でなきゃ、ここからたたき出すからな！」

怒りをぶつける郡治郎に、倫太郎が言う。

「木曾屋、そのように怒るなら、早影のことはあきらめる」

郡治郎が不機嫌な顔で睨む。

「金を返すあてがあるんですかい」

「なんとかする。馬術の指南所がうまくいけば、すぐに返す」

郡治郎が恐ろしい形相で、倫太郎の前にしゃがんだ。

「寝言は困りますよ、倫太郎さん。期限は昨日までですぜ」

「あれは、兄上を焦らせるための口実ではないか。借りた金は、指南所で儲《もう》けて返す約束だろう」

「気が変わったんですよ。早影は、わたしがいただきます」

「お前！」

倫太郎は郡治郎の胸ぐらをつかんだ。

「早影はわたしのために兄から奪うと言ったではないか。あれは嘘《うそ》だったのか」

「嘘じゃない。いい馬と聞いて、気が変わっただけだ」

鼻先で笑う郡治郎に怒った倫太郎は、顔を殴った。

これには手下たちが驚き、倫太郎の腕をつかみ、足にしがみついて止めた。

「離せ！」

叫ぶ倫太郎を手下たちが必死に止め、ようやく落ち着いた。

殴られた左の頰に手を当てている郡治郎が、薄笑いを浮かべて言う。

「わたしともめても、いいことなんざ一つもないことはお分かりのはずだ。こうしましょう。早影をわたしがいただく代わりに、百両を帳消しにして、指南所で使う馬を三頭差し上げましょう。それで、手を打ちませんか」

郡治郎が膳から盃《さかずき》を取り、倫太郎に差し出した。

断れば、指南所を開くための金を失うことになる。

倫太郎は手下たちの腕をはずし、盃を受け取った。

郡治郎がうなずく。

「これで決まりだ。明日は必ず居場所を突き止めますので、待っていてください」

「では、よろしく頼む」

倫太郎は立ったまま盃を交わし、部屋に戻った。

郡治郎は今度は手下たちを怒るでもなく、明日から赤坂あたりを捜すよう命じている。

手下の一人が、大藪は昼間に邪魔した者たちのところにいるかもしれないと恐れ、もう関わるのはよそうと言ったが、郡治郎はその者のそばに行き、肩に手を置いて言う。

「馬を手に入れるまでの辛抱だ」

郡治郎は顔を宗次に向けた。

「宗次、さっきは殴って悪かったな」

「いえ」

「早影は稼いでくれる馬だ。首尾よく手に入れば、お前たちにも手当をはずむ。売られる前に見つけ出して、引っ張ってこい」

宗次はうなずき、手下に言う。

「聞いたかお前ら、明日は必ず見つけ出すぞ」

「へい」

渋々応じた手下たちは、散らかった部屋を片付けはじめた。

お初は庭の暗がりから下がり、信平のもとへ戻った。

四

翌日、信平は大藪を見舞い、昨夜お初から聞いた木曾屋でのことを話した。

倫太郎は捕らえられている風ではないことを知り、大藪は床の中で沈鬱な顔をして、辛そうに目を閉じた。

信平が言う。

「貴殿の怪我は、木曾屋の手の者が負わせたのではないのですか」

大藪はそのことには答えず、苦しい胸の内を明かした。

「弟は、木曾屋と申し合わせてわたしを苦しめようとしているのかもしれませんね」

「そう思われるのは、何ゆえです」

「わたしに対して、少々ひねくれているのですよ。倫太郎は、幼い頃から父に冷たく当たられたせいで、可愛がられるわたしとくらべて、自分はいらぬ子だと思ったのでしょう。父と倫太郎は、長く口をきいておりませなんだ。一年前に、父が突然病に倒れて急逝してしまったのですが、長男のわたしが家督をした後は、仇《かたき》でも見るような目をわたしに向けるようになり、毎晩遊び歩くようになったのです」

「貴殿を、恨んでいると……」

「わたしばかりが父に可愛がられたのがおもしろくなかったのでしょう。ですが、血を分けたたった一人の弟でございますから、わたしが助けてやらなければいけないのです」

「木曾屋の借財は、馬を手に入れるための芝居同然と思われるが……」

大藪は微笑んだ。

「承知のうえです。恥ずかしながら、我が家は騎馬を許されていますが無役の貧乏旗本。分けてやれる禄《ろく》はなく、わたしの妻も気が行き届かずにおりましたので、弟は自ら離れに移り棲《す》み、肩身の狭い思いをさせておりました。それが辛かったのか、次第に家に帰らなくなり、どこで何をしているのか案じておりましたところに、こたびの借財話が来たのです。弟は馬術が得意ですので、馬でいつか一旗揚げて、わたしと妻を見返してやるなどと若党に豪語していたそうなので、その資金欲しさに、父の形見ともいえる馬に目を付け、金に換えさせようとしているのです」

「馬術の指南ですか」

「はい。若党から伝え聞いたことですので確かなこととは申せませぬが、馬術の指南所を開こうと考えているようです」

「木曾屋と手を結んだのは、貴殿を恨んでのことではなく、指南所のためではないのですか」

大藪は意外そうな顔をしたが、それは一瞬で、すぐに浮かぬ顔となる。

「木曾屋は馬の売買もしていますので、馬をかたにすれば、支度金を貸すとでも言われたのでしょう」

「馬を売ると決められたのは、指南所を開く手助けをするためですか」

信平の問いに、大藪はうなずいた。

「百両を出してやればよいのでしょうが、恥ずかしながら、そのような余裕がございませぬ。馬を売って助けてやろうと思い、連れて出たのですが、葉山殿が申されたように、馬は見抜いたようです。売られてたまるかと思ったのでしょう」

大藪は、寂しそうな顔で息を吐いた。

「本音を申しますと、父が可愛がっていた馬を手放したくはないのです」

信平が言う。

「馬に代わる何かで、援助をしてはいかがですか」

大藪は、枕元に置かれている脇差を見た。

「金になるのは、この脇差のみですが、家督をした者が代々受け継いでいる家宝でございますので、手放す勇気が出ませぬ。それに弟には、形見分けとして父の名刀を譲りました。家を出て遊んでいましたので、今も持っているのか怪しいものですが、このうえに脇差を差し出せば、妻になんと言われるか」

その妻が信平邸に来たのは、程なくのことだった。

大藪家に佐吉を遣わし、怪我のことを伝えていたのだ。

佐吉に案内されて来た妻は、まずは信平に平身低頭して秋江《あきえ》と名乗り、礼と詫《わ》びの言葉を述べると、神妙な顔をしている大藪のそばに寄った。

「さ、お前様、帰りましょう」

痛がる大藪を起こそうとしたので、信平が止めた。

「臓腑が傷ついている疑いがあるゆえ、医者の許しが出るまで動かしてはならぬ」

そこまで悪いとは思わなかったのだろう、秋江は驚き、うろたえて涙を浮かべた。

「助かるのでございますか」

「命にだいじはないので安心されよ。歩かれるようになるまで泊まっていただくゆえ、家を空けられるならば、共に過ごされるがよい」

秋江は胸を押さえて安心した息を吐き、気兼ねの顔で言う。

「では、お言葉に甘えさせていただきます。夫の看病はわたくしがいたしますので、水場を使わせていただけますでしょうか」

「ふむ。女中にさよう申しつけよう」

「かたじけのうございまする。夫の洗い物がございましょうから、さっそくに」

信平はうなずいた。

「佐吉」

「はは」

応じた佐吉が、秋江をおつうたちのところに連れて行った。

大藪が横になったまま手を合わせた。

「信平殿、何から何まで、かたじけのうございます」

「よい。それより、弟御のことです……」

騎馬を許されている大藪家にとって、早影のような名馬は宝。旗本が優れた武具や馬を揃えることは、将軍家にもしもの時はこれらを使って戦働きをすることを知らしめるもので、忠義の証《あかし》。弟のためとはいえ、他人に売れば噂が広まり、公儀の心証を悪くするだろう。

信平は、何か良い手がないものかと、頭を悩ませた。

そして、ある考えに達し、大藪に言う。

「弟御のことは、馬のことを含め、この信平に任せてもらえませぬか」

「何をなさるおつもりですか」

「悪いようにはしませぬ」

恐縮する大籔。

「このうえご迷惑をおかけするのは、心苦しゅうございます。どうか、お教えください」

「弟御と木曾屋をここに呼び、話してみようと思います。まずは借財がまことか否かを確かめようかと」

「まことなれば、いかがなさいます」

「木曾屋が返済を待てぬと申すなら、早影を手放すしかないかと」

「木曾屋には弟が迷惑をかけているのですから、何も言えませぬ」

「ではそういうことで、よろしいですかな」

「信平様に、お任せいたします」

信平は大籔を休ませ、自分の部屋に戻った。

信平の命を受けた頼母が屋敷を出たのは、程なくのことだ。

五

木曾屋郡治郎は、今日も金儲けに勤《いそ》しんでいた。

ここ小伝馬町は、時代と共に多くの商家が並ぶようになり、元々江戸近郊に伝馬を許されていた木曾屋は、商家を相手に馬で荷物を運ぶ商売で大儲けをしている。

さらなる金儲けを狙う木曾屋は、早飛脚より迅速に荷物を届けられるように、潜りの商売をはじめていた。

その仕組みは、役人の目が届かぬところでは馬を引く者に乗馬させ、荷物をより短時間で届けるというものだ。

見つかれば咎められる。抜かりのない木曾屋は、いつも通う道では宿場役人に賄賂を渡して見て見ぬふりをさせているので、忙しい商家からは、木曾屋に頼めば荷が速く届くといって喜ばれ、重宝されていた。

しかし、武家のように馬の扱いに優れ、馬を速く駆けさせられる者は、馬子といえどもそういるものではない。

潜りと承知の客が増えたことで、商売の手を広げたい郡治郎は、乗り手が不足していることにいつも苛立ち、なんとかならぬものかと嘆いていた。

木曾屋に居候していた倫太郎はそこに目をつけ、武家のみならず、馬子にも、速駆けを得意とする己の馬術を指南する商売を思いついたのだ。

それには馬がいる。しかも名馬がよい。

ということで、早影が欲しくなり、倫太郎は郡治郎に相談していた。

話を聞いた郡治郎は、倫太郎に貸していた百両をねたに、大藪から早影を奪う策を思いついたのだ。

そうして手に入れた名馬の早影を、潜りの商売の目玉に使う気でいる郡治郎は、通りを歩く武家を見ては顔をゆがめて、

「野郎、どこへ消えやがったものか」

と言い、機嫌が悪い。

馬子が馬に荷を積もうとして落としたのを見て、余計頭に血がのぼる。

「おい！　だいじな荷物を手荒に扱うんじゃねぇ！」

落としたのは空箱だが、郡治郎にとっては、そんなものはどうでもいい。ただ怒鳴り、うっぷんを晴らしたいだけなので、怒りをぶつけられる馬子は、間が悪いとしかいえぬ。

策が思うようにいかぬ郡治郎が口うるさくしている背中に向けて、馬子たちは舌打ちをした。

「何を偉そうに」

「伝馬とは笑わせる。馬だって古馬《ふるうま》の駄馬ばかりだ」

「おうよ、早稲田《わせだ》まで行ったところで動かなくなった時は、死にゃしないかと肝を冷やしたぜ」

などと陰口をたたく馬子たちの声が耳に届き、郡治郎は睨み返した。

「今、なんて言った」

「ひっ」

青くなった馬子たちがくるりと背を向けた。

「つべこべ言わずに働け！　銭を払わねぇぞ！」

「働きますとも」

「しっかりと」

馬子たちは慌てて仕事に戻った。

「どいつもこいつもまったく」

苛立ちを吐き捨てて家に入ろうとした郡治郎は、宮仕えと分かる身なりの、賢さを絵に描いたような若侍が歩み寄るのに気付いて、足を止めた。

すぐに商売っ気を出し、揉み手《もで》をして言う。

「馬でございますね。どちらまで走らせましょう」

先回りをしたが、若侍は真顔で告げる。

「それがしは、さるお方の使いでまいった千下頼母と申す。木曾屋郡治郎はそなたか」

郡治郎はわけが分からず、探る目を向けた。

「さようでございますが、わたしに御用で？」

「用がある。大藪倫太郎殿と共に同道願いたい」

「どちらへ行くのですか？」

「早影のことだと言えば、察しがつこう」

郡治郎は目を見開き、すぐに、探る顔つきに戻った。

「お渡しくださるのですか」

「それは、双方の話し合い次第だ。いかがする」

「参ります。参りますとも。支度をしますので、少々お待ちを」

きびすを返した郡治郎が、

「誰か、倫太郎さんを呼んできておくれ。表の千下様にお茶をお出しして」

弾んだ声で手代たちに命じて、奥に入った。

頼母は茶を断り、表で待っていると、程なく若い侍が出てきた。

羽織袴《はかま》の身なりは清潔で、腰の大刀も、鞘《さや》のこしらえがよい。

「千下殿、まことか、まことに兄は、早影を渡してくれるのか」

倫太郎は出てくるなりそう言って、頼母に詰め寄った。

五百両もの価値がある馬だけに、鼻息が荒い。

後から出た郡治郎が続いて言う。

「話し合い次第だそうですから、倫太郎さんが頭を下げれば、兄上は必ずお譲りくださいますよ。借財の証文もございますしね。さ、案内をお願いしますよ」

郡治郎の背後から、人相の悪い男が出てきた。

大きい模様の派手な着物は、人柄の悪さを際立たせている。

頼母は、容赦なく侮蔑の眼差しを向けて言う。

「来るのは郡治郎と倫太郎殿のみにしていただこう」

「へい」

応じた郡治郎が振り向き、赤坂に行っている者たちを呼び戻すよう命じた。

きびすを返した頼母は、赤坂に向けて歩みを進める。

背後に従った郡治郎と倫太郎は、ぼそぼそと言葉を交わしているが、何を言っているかまでは聞き取れなかった。

そのうち二人の会話も止まり、三人は黙々と歩んだ。

赤坂御門を右手に見つつ、赤坂裏伝馬町《てんまちよう》の辻《つじ》を左に曲がった。

武家屋敷の漆喰《しつくい》壁に挟まれた道に入ったところで、頼母が振り向いた。

「もうすぐだ」

すると、すぐ後ろを歩いていた郡治郎があたりを見回し、不安そうな顔を向けて訊く。

「もうすぐと申されましたが、あなた様は大名家の御家中ですか」

「いや、旗本だ」

「あの、どちら様で」

「もうすぐ分かる」

頼母は前を向き、辻番所の表に出ていた顔見知りの役人に目礼をして通り過ぎ、歩んだ先の門の前で立ち止まった。

門番の八平《やへい》が脇門を開けてくれたのに顎を引いた頼母は、二人に顔を向けた。

「入られよ」

招きに応じた倫太郎が歩みを進めるのを、郡治郎が袖を引いて止める。顔が真っ青になっていた。

「帰りましょう。ここはだめだ」

小声で言う郡治郎に、倫太郎が不思議そうな顔をする。

「何がだめなのだ？」

「し、声が大きい」

焦る郡治郎に、頼母が言う。

「木曾屋、いかがした。殿がお待ちゆえ入れ」

「いえ、その……」

郡治郎が恐れているので、倫太郎が頼母に顔を向ける。

「千下殿、ここはどちら様の御屋敷か」

「鷹司松平《まつだいら》家だ」

驚いて目を見張る倫太郎の横で、郡治郎が顔を引きつらせた。

「やっぱりそうだった」

悲鳴じみた声をあげて帰ろうとしたので、倫太郎が腕をつかんで引き戻し、頼母に訊く。

「兄上と早影は、こちら様で御厄介になっているのですか」

「いかにも。さ、お待ちかねだ。入られよ」

「では、お邪魔します」

頭を下げた倫太郎が、郡治郎に小声で言う。

「ここで帰れば、早影は手に入らぬぞ」

「そ、それはそうですが……」

「恐れることはない」

強気の倫太郎は腕を引き、頼母に続いて脇門を潜った。

表御殿に入り、通されたのは、池のある美しい庭が見渡せる客間だ。

部屋の装飾は一見すると地味だが品があり、庭に目を向ければ、池の上まで出ている月見台の朱色が際立ち、奥に広がる庭に緑が芽吹けば、より美しくなる。

だが、部屋に通された二人には、佐吉が手塩にかけた庭を眺める余裕はないようだ。

下座に正座する倫太郎は緊張した顔をうつむけ、その後ろの、廊下の際に正座している郡治郎は、肌寒いというのに額に噴く汗を懐紙で拭い、大きな息を吐いている。

一旦離れていた頼母が戻った。

「殿がまいられます」

声に応じて、倫太郎は頭を下げた。

「ははぁ」

郡治郎は大仰な声を発して、倫太郎に続く。

程なく左手の襖が開けられ、若草色の狩衣を着けた信平が入り、上座に座った。

「両名とも、面を上げよ」

「はは」

応じた倫太郎は顔を上げ、初めて見る信平の美しさに息を飲んだ。

噂には聞いていたが、これほどとは……。

頼母の咳ばらいで、倫太郎は慌てて口を開いた。

「名高き信平様に御意を得ましたること、光栄至極に存じまする」

信平が真顔で言う。

「二人に来てもろうたは、早影のことだ。借財の話は、まことのことか」

倫太郎は神妙な顔で顎を引いた。

「まことでございます」

信平は、郡治郎に眼差しを向けた。

「木曾屋」

「はい」

「騎馬を許された旗本にとって、馬は将軍家に対する忠義の証でもある。借財の返済を待つことはできぬか」

「それはできかねます。手前も生きることに必死でございますので、返済のあてが外れますと、店の者たちを食わせてやれなくなりますので」

「もっともなことだ」

信平は倫太郎に眼差しを向けた。

「早影を引き渡す」

倫太郎が何か言おうとしたが、郡治郎が割って入る。

「信平様、おありがとうございます。倫太郎様、よろしゅうございましたな。これで、借財は帳消しですぞ」

倫太郎は後ろを向き、うん、とうなずき、信平に向きなおる。

「兄は、こちらでお世話になっているのですか」

信平は、厳しい眼差しで訊く。

「怪我をされているが、心当たりはあるか」

「ございませぬ」

信平は郡治郎に眼差しを向けた。

「では、そなたの配下の仕業か」

驚いた郡治郎が、顔の前で手をひらひらとやる。

「滅相もございませぬ」

「大藪殿が、誰かをかばっておられるのは確かだ。ゆえに、麿は咎《とが》めはせぬが……」

「断じて、わたしは傷つけておりませぬ」

倫太郎がまっすぐな目で言うので、信平は問うのをやめた。

「まことに、早影を木曾屋に引き渡すのか」

「はい」

顎を引く倫太郎にうなずいた信平は、郡治郎に眼差しを向けた。

頭を下げた木曾屋が、大儲けできたと喜んでいると、背後の廊下で足音がして、誰かが入ってきた。

「木曾屋」

「はい」

顔を上げた郡治郎の目前で、十手の紫房が揺れている。

眼差しを上げた郡治郎は、知った顔に安心した笑みを浮かべた。

「これは五味様、信平様の御屋敷でお目にかかるとは、驚きました」

「お前は知らんだろうが、おれと信平殿は友なのだ」

「さようでございましたか」

五味は信平に顔を向けた。

「信平殿、話は終わりましたかな」

「ふむ」

五味は顎を引き、信平と目を合わせ、郡治郎に眼差しを向ける。

「木曾屋郡治郎、北町奉行所与力として申しつける。早影が先日のように市中で暴れるようなことがあれば、きついお咎めがあるものと覚悟して連れて行け。よいな」

「…………」

郡治郎は返答に困り、口を開けたままだ。

倫太郎が言う。

「早影は旗本の馬ゆえ、町方は口出し無用」

五味がおかめ顔を向け、薄い笑みを浮かべた。

「売られて行くのだから、今より木曾屋の馬であろう」

「しかし……」

「ほう、違うと言われるか。もしや、借財のことは兄上から馬を奪うための芝居で、ここを出たらおぬしのものとするつもりか」

倫太郎は目を泳がせた。

「芝居などでは、ございませぬ」

「そうですとも五味様、今、証をお見せします」

郡治郎は懐に証文を持っていた。

差し出されたものには、確かに百両の借財が記され、倫太郎の名もある。

五味が納得し、倫太郎に顔を向けた。

「五百両の価値がある馬と聞いたが、残り四百両はおぬしの懐に入るということか。なかなかに、あこぎだな」

「無礼な、そのようなことはせぬ。わたしはただ、形見分けとして馬が欲しいだけだ」

「形見分け？」

眉根を寄せる五味が訊こうとしたが、郡治郎が邪魔をした。

「倫太郎さん、証文をお返ししますよ。これで、百両はあなたのものだ。信平様、馬を引き取りたいのですが」

「ふむ」

信平は、控えている佐吉に顎を引く。

応じた佐吉が、郡治郎に言う。

「連れてくるので外で待て」

「はい」

郡治郎が廊下へ出た。

倫太郎が信平に頭を下げる。

「では、わたしもこれにてご無礼を」

「兄に会《お》うて行かぬのか」

「馬を無事送り届けとうございますので……」

「さようか」

会おうとしないものを無理に誘わぬ信平は、庭に出る倫太郎の背中を見つめた。

鈴蔵が早影を連れてきたのは、程なくのことだ。

栗毛の見事な姿に、郡治郎が目を輝かせる。

「倫太郎さん、噂にたがわぬいい馬ですな。約束どおり、借財を帳消しにして、馬三頭をご用意しますよ」

「よろしく頼む」

倫太郎が早影に優しい眼差しを向けて歩もうとしたのだが、郡治郎が止めた。

「今より早影はわたしのもの。里心がつくといけませぬので触らないでください」

「そうか……」

下がる倫太郎に代わって前に出た郡治郎が、鈴蔵から手綱を受け取ろうとした、その時、早影は嘶き、耳を伏せて前に出た。

「危ない！」

鈴蔵が叫び、馬に咬《か》まれそうになった郡治郎を突き飛ばした。手綱を取ろうとしたが、早影は首を転じて、郡治郎に向かう。

「ひやあ！」

悲鳴をあげて頭を抱えた郡治郎を飛び越えた早影は、庭の彼方《かなた》に逃げた。

驚いた倫太郎が郡治郎に駆け寄り、助け起こした。

「怪我はないか」

「とと、とんでもない暴れ馬だ」

「わたしが連れ戻してくる」

「ようござんす」

郡治郎は倫太郎の懐から証文を抜き取った。

「何をする」

「あのように気性の荒い馬は、伝馬としては使い物にならない。この話はなかったことにしてもらいますよ。百両は、きっちり返してもらいますからね」

とんだ時間の無駄だ、大損だ、と怒った郡治郎が帰ろうとしたので、慌てた倫太郎が引き止めた。

「待ってくれ。馬はわたしが躾《しつ》けなおす」

「もうけっこうです。お前さんの夢話に付き合うのはやめた。御屋敷にお戻りなさい」

手を振り払い、郡治郎は帰ろうとした。

「待ってくれ」

廊下で声をかけたのは、大藪だった。

信平が身体を案じて止めたが、大藪は郡治郎の前に行った。

郡治郎はそれでも帰ろうとしたが、大藪の背後に佐吉が現れ、恐ろしげな顔で仁王立ちしたので、ごくりと喉を鳴らし、顔を青くした。

六

半ば佐吉の脅しで部屋に戻された木曾屋郡治郎は、下座に正座し、ちらり、ちらりと、信平を見ている。

大藪は、妻女の秋江に支えられ、信平に詫びているのだ。

「信平様、こたびのことはすべて、周囲の者から名馬と羨ましがられる早影を己のものとしたいがために、弟に譲らなかったわたしのせいでございます」

信平は顎を引き、大藪の後ろに座っている倫太郎に眼差しを向けた。

「形見分けとして馬が欲しいがために、木曾屋を頼ったのか」

倫太郎は答えず、うつむいた。

大藪は膝を転じて郡治郎の前に行き、秋江に促す。

応じた秋江が、神妙な顔で脇差を差し出した。

受け取った大藪が、郡治郎の前に置き、脂汗を浮かせた顔で言う。

「これはお墨付きの家宝ゆえ、必ず金になる。借財の証文と換えてくれ」

名刀を見おろした郡治郎の顔が、不機嫌から困惑に変わった。

「家宝の御刀を受け取るのは、気が重うございますな」

「他に金になるものがないのだ。さ、換えてくれ」

「待ってくれ」

焦りの声をあげたのは倫太郎だ。

「兄上、その脇差は、家督をした者が受け継ぐ備前兼光《びぜんかねみつ》ではないですか」

「いかにもそうだ」

「なりませぬ」

倫太郎は脇差を取り、秋江に渡した。

秋江は安心した顔で受け取ったが、大藪が奪い、ふたたび郡治郎に差し出した。

「これで、借財を帳消しにしてくれ」

倫太郎が言う。

「木曾屋、百両はあとで返すので受け取るな」

郡治郎が驚いた。

「馬を売る気でしたら、百両にはなりませんよ。あの様子じゃ、売ろうにも買いたたかれます」

「馬ではない。借りた百両は、一文たりともまだ使っていないのだ。迷惑料を足して返す」

　郡治郎は唇をなめた。

「そういうことなら、ようございます。わたしはこれで失礼させていただきますよ」

　立ち上がった郡治郎が、思いついたように座りなおし、畳に両手をつく。

「信平様、五味様、これも何かの御縁。いい馬を揃えておきますので、ご用の際は、木曾屋にお命じください。特別にお安くしますので。では、失礼いたします」

　勝手に一人でしゃべって帰る郡治郎に、五味は呆《あき》れた顔をしている。

「ずうずうしい奴だな」

　五味の言葉に、信平は飄々《ひょうひょう》と言う。

「麿は、あの者が悪い男には見えぬ」

　五味が驚いた顔を向ける。

「相変わらず信平殿は、変わり者が好きだな」

　薄い笑みを浮かべた信平は、倫太郎に眼差しを向けて訊く。

「そなたは、何ゆえ血を分けた兄を困らせるのだ」

　倫太郎は居住まいを正して答えた。

「どうしても、早影が欲しかったのです。まさか、あのような暴れ馬になっているとは思いもせず、木曾屋と手を結んで手に入れた後は、借財百両と馬三頭と引き換え、早稲田に土地を借りて馬術指南所を開くつもりでした」

信平はうなずいた。

「馬術に優れていると、大藪殿から聞いている」

すると大藪が、信平に頭を下げた。

「ご迷惑をおかけし、まことに申しわけございませぬ。このたびの騒動は、すべて、このわたしに非がございます」

善衛門が倫太郎を睨み、口をむにむにとやる。

「いくら馬が欲しいからと言うて、兄弟を騙《だま》すとはけしからんぞ」

倫太郎は顔をうつむけた。

「返す言葉もございません」

大藪が言う。

「わたしが、欲を出したのがいけないのです。早影は、走らせれば日ノ本一と言える名馬であることは確かなことです。ただ、あれは人を選びます」

信平は、庭の彼方で枯草を食《は》んでいる早影に目を細めた。

「町で逃げたのは、売られると気付いたからではなく、大藪殿が認められていなかったということですか」

「そのとおりです。騎馬を許された家の当主として、飼い馬に嫌われることは恥ずかしいかぎりですが、この身体の傷はすべて、早影に嫌われ、蹴られてできたものです」

信平は驚いた。

「馬はめったに人を蹴らぬものと思うておりましたが……」

「早影は違います。そのかわり、気に入った者には忠実で、決して離れませぬ。亡き父にはそうでしたので、周りの方々が羨んだのです」

善衛門が同情した。

「嫌われたら最後、言うことを聞かぬか」

「はい」

「それは、難儀なことじゃな」

「なんとか手なずけようと、苦労しておりました」

五味が言う。

「そのお気持ち、よう分かります。実はそれがし、与力を拝命して騎馬を許されたのですが、馬の扱いには難儀しております。先日も馬場で稽古をしたのですが、振り落とされました」

まだ腰が痛むと言って笑う五味に、大藪もつられて笑った。すぐに神妙な顔をして、信平に言う。

「早影は、亡き父と、これに控える倫太郎にしか懐かず、馬の世話をする者たちも手を焼いておりました。父はおそらく、倫太郎に馬を譲る気でございましたでしょうが、急逝したため遺言がされず、わたしは欲を出して、早影を我がものとしたのです」

大藪は腹が痛むらしく、辛そうな顔をした。

秋江が心配して身体を支えようとしたが、大藪はだいじないと言い、一つ大きな息をした。

「無理をされず、横になられよ」

信平が言ったが、大藪は話を続ける。

「懐かぬ馬に執着せず、弟に譲っておくべきでした。町で暴れた時にお助けいただき、手厚く看病をしてくださった御恩は、生涯忘れませぬ」

「恩と言われるほどのことは何もしておらぬ。それより、早影をいかがされる」

きっかけのつもりで信平が言うと、大藪は応じて、倫太郎に顔を向けた。

「倫太郎、早影はそなたに譲る。わたしと共に帰ってくれ」

するとと秋江が膝を転じ、倫太郎に言う。

「家の者たちも心配しています。母屋に部屋を用意していますから、戻ってくださ
い」

「姉上……」

倫太郎は驚き、そして嬉しそうな顔をした。畳に置かれたままになっている脇差の
ところに行き、両手で持ち上げ、秋江に差し出した。

着物の袖を当てて受け取った秋江に、倫太郎は、これまでのことを詫びた。

「兄上、姉上、今日からこころを入れ替えて、少しでも御家の役に立ちまする」

大藪はうなずき、秋江から脇差を受け取った。

倫太郎は信平に向いて頭を下げた。

「わたしの大刀をここへお持ち願えませぬか。今すぐに、兄に返しとうございます」

父の形見として大藪が倫太郎に譲った名刀のことだと察した信平が、頼母に持って
くるよう命じた。

一旦下がった頼母が戻り、倫太郎に渡した。

倫太郎は頼母に頭を下げ、黒漆の見事なこしらえの大刀を大藪に差し出した。

「父上の刀をお返しします」

「よい。それはお前に形見分けしたものだ」

「家宝の脇差は、この大刀あっての脇差ですぞ」

大藪は目を赤くして、大刀を受け取った。そして言う。

「父上はお前に厳しかったゆえ、形見の品などすぐに酒代に換えてしまうと思うていたが、よう、売らずにいてくれたな」

倫太郎は、ふっ、と、息を吐いて笑う。

「確かに父上は、恐ろしゅうて、わたしなどいらぬ子なのだと思うて育ちました。ですが、時たまお連れくださった馬場で、わたしが早影に一人で乗れるようになった時は、嬉しそうな顔をしてくださったのです。今でも、あの時のことは忘れませぬ。父上に褒めてもらいたくて、馬術の稽古に励みました」

「そうか。馬術が得意となったのは、そういうことであったのか」

「はい。兄上には申しわけないのですが、早影が逃げたと聞いた時は、正直、嬉しく思ってしまいました」

「こいつめ」

兄弟は笑い、二人揃って信平に向き、頭を下げた。

信平が言う。

「倫太郎殿が馬術の指南所を開く日が、今から楽しみだ」

倫太郎が笑みを浮かべる。

「いつになるか分かりませぬが、必ず成し遂げます」

五味が割って入った。

「倫太郎殿、馬術をそれがしに教えてくださらぬか。馬鹿にした奉行所の連中を驚かせてやるほど、うまくしてくだされ」

「では、早影に乗ってみますか」

「ええ！　暴れ馬に？」

佐吉が、それは妙案だと言った。

「早影を乗りこなせるようになれば、おぬしの馬でも操るのは容易《たやす》いのではないか」

「同感です」

頼母が真顔で言うので、五味はその気になった。

「よし、やってみるか」

「ではさっそく」

立ち上がった倫太郎が廊下に出て、口笛を吹いた。

すると、早影が頭をもたげて嘶き、弾んだ足の運びで駆けてきた。

庭に下りた倫太郎の前で止まった早影が、肩に顔をすり寄せる。

五味が信平に言う。

「乗れそうだな。よし、乗ってやる」

そう言って庭に下り、倫太郎の手を借りて鞍《くら》にまたがったのだが、早影は、まるで誰も乗っていないかの如《ごと》く倫太郎に甘え、動こうとしない。

馬の上でぽつりと取り残されている五味を見て、佐吉と頼母が腹を抱えて笑っている。

にこやかな顔を向けた善衛門が、倫太郎はよい若者だと言うので、信平はうなずいた。

「麿もそう思う」

満足そうな顔をした善衛門は、大藪に言う。

「大藪殿、よろしければ、この年寄りに倫太郎殿の婿入りの世話をさせてくれぬかの」

突然のことに、大藪夫婦は驚いた顔を見合わせた。

「任せてくだされ」

張り切る善衛門が廊下に出て、五味に向かって、へっぴり腰をなんとかしろ、と言って笑った。

信平は、妻と喜ぶ大藪から礼を言われ、微笑んだ。

「乗れたぞ！」

五味の声が部屋に聞こえてすぐに、馬の嘶きと五味の悲鳴が響き、皆の笑い声があがった。

第二話　悪しき思惑《おもわく》

一

「おい、文代《ふみよ》、お前、おれをなめておったな。江戸から出なければ殺すと言うのは、これで三度目だ。今日ばかりは、このまま帰るわけにはいかぬ」

「な、何をするのです、離して」

「うるさい！」

ぱしん、という音がして、文代の呻き声がした。

いざという時は子供を連れて逃げてくれと言いつけられていた下女のおそめは、耳を寄せていた襖から息を殺して離れ、音を立てないように、昼寝をしている永太郎《えいたろう》を抱き上げた。

いい子だから今は目をさまさないで。

おそめはこころの中で祈りながら、外障子に手を伸ばす。その時、春の風が吹き、がたがたと障子が鳴った。

「隣の坊主を連れてこい」

ろくでなしの浪人・光山熊三《みつやまくまぞう》の声がして、襖が開けられた。いるはずの子供がいないので、部屋の中が騒がしくなった。

「逃げやがった！」

おそめがすり抜けたままの障子を大きく開けはなち、手下が縁側に出た。

裏木戸の前にいたおそめは、恐怖の顔で振り向いた。手下と目が合い、息を飲む。

手下も驚いた様子で息を飲んだ。それは一瞬のことで、

「てめぇ、ガキを返せ！」

怒鳴った。

おそめは恐怖に身が縮み、動けなくなった。

「逃げて！」

そうだ、逃げなきゃ。

文代の声で我に返ったおそめは、目をさまして泣きはじめた永太郎を抱きしめて、

裏木戸から出た。

「待て！」

三人の浪人たちが追って路地へ出たので、おそめは炭町《すみちょう》の川岸の道へ出て、八丁堀《はっちょうぼり》に向かって逃げた。いざという時は八丁堀の方角にある自身番へ駆け込むよう、文代から言われていたのだ。

「逃がすな！」

「誰か助けて！」

おそめは叫んだが、道を行き交う者たちは、追ってくる浪人たちからのとばっちりを恐れて道を空けている。

自身番はまだ遠い。

おそめは必死に走った。十七の若さだから三十代の男に追いつかれない自信があったが、永太郎を抱いているので息が上がってしまい、追いつかれてしまった。

肩をつかまれて強い力で引き止められた。

抗《あらが》っても、肩をつかんでいる手を振り払うことはできない。

「この野郎、手間取らせやがって」

「いや！　離して！　誰か助けて！」

叫んだが、浪人たちが睨みを利かせているので、通りにいる人たちは恐れた顔をして遠巻きに見ているだけで、助けてくれる者はいない。

三人に囲まれたおそめは、肩の手をやっと振り払い、永太郎を抱きしめて板塀に向かってしゃがんだ。

背後から、

「立て！」

怒鳴られ、腕をつかまれた痛みに悲鳴をあげた。

もうだめだと思い、気が遠くなる。

「なんだ、貴様」

背後で浪人がそう言ったと思ったら、うう、と呻き声がした。

腕をつかんでいた手が離され、浪人の影が去って明るくなったので、おそめは振り向いた。すると、目の前で背を向けて立っていた浪人がエビのように丸まって呻き、よろよろと離れた。

その次におそめの目に入ったのは、若草色の狩衣に烏帽子《えぼし》をつけた、涼やかな顔だった。

「おのれ！」

浪人が抜刀して、背後から斬りかかったが、狩衣の人は、まるで背中に目がついているかのように、見もせずに横にくるりと回って一撃をかわすや、右腕を振るった。鈍い音がして、首の後ろを押さえた浪人が苦痛の顔で振り向き、恐れて離れた。一人で三人も相手にして一歩も引かない強さと、その美しさに、おそめは電撃に打たれように動けなくなり、胸がざわついた。

狩衣の人が一歩前に出ると、浪人たちは下がり、くるりと背を向けて走り去った。息を飲んで見ていた町の人々から、喜びと安心の声があがった。

だが狩衣の人は、何もなかったかのように涼しい顔のままで、おそめを見てきた。

「怪我はないか」

声まで美しい。

おそめは腰が抜けた。

安心したせいか、永太郎が腕の中で泣いている声がようやく聞こえて、おそめは我に返った。

「文代様……」

目の前で心配そうな顔をしてくれる狩衣の人に、必死の顔を向ける。

「どうか、この子の母親をお助けください」

すると、狩衣の人の顔が険しくなった。

「案内できるか」

「はい」

手を差し伸べられて、おそめはつかんだ。

細い身体からは想像できないほど強い力で引かれて立ち上がったおそめは、こちらです、と言い、文代のところに走った。

泣く永太郎をなだめながら必死に走り、来た道を戻ると、人気のない路地に面した家の戸口に横付けされた町駕籠《かご》が目に入った。

浪人が二人いて、家の中を見ている。

すると、猿ぐつわをされ、手足を縛られた文代を担いだ浪人と、光山熊三が出てきた。

「文代様！」

おそめが叫ぶと、光山が恐ろしい顔を向け、驚いた顔になった。

おそめの横を、狩衣の人が走って行ったからだ。

光山が、やれ、と顎を振った。

応じた二人の侍が抜刀し、鋭い眼差しで構えた。

一人が喉の奥から不気味な声を発して、斬りかかった。

危ない！

おそめは怖くなって、永太郎を抱きしめて目をつむった。

うお、という声がして、刀がぶつかる音がしたかと思うと、また、呻き声がした。

おそめが目を開けると、狩衣の人の左手がきらりと光り、足下には浪人が倒れて、手や足を押さえて苦しんでいた。

おそめは、強さに目を見張った。次は見逃すまいと思い、息を飲んでまばたきもしない。

文代を連れ去ろうとした光山は、手下が倒されたというのに、嬉しそうな顔をしている。馬鹿なのだろうか。

「貴様、なかなかやるじゃねぇか」

光山は余裕げに言い、刀を抜いた。

「羽川《はがわ》一刀流免許皆伝、光山熊三が相手をする」

「どこかで聞いた名だが、思い出せぬ」

飄々とした様子に、光山の顔に怒気が浮かんだ。

「抜け！」

「…………」

何も言わず、刀を抜かないのはなぜだろう。いつの間にか、左の袖口から出ていた刃物は消えている。

確か光山は、剣でおれに敵う者は誰もおらぬ、と自慢していたので、名を思い出せぬと言われて腹が立ったのだろう。

怒らせたことに、おそめは心配になってきた。狩衣の人は恐れているようには見えないが、刀も抜かず、微動だにしない。あの美しい鞘に納められた刀は、飾りなのだろうか。

「その太刀は飾りか」

光山が言った。

同じことを思っていたので、おそめはいやな気持ちになった。そして、動こうとしない狩衣の人が斬られはしないかと、不安になった。

「抜かぬでも容赦はせぬ」

光山が言い、猛然と迫った。振り上げた刀を、やあ、という気合と共に打ち下ろした。

おそめは斬られると思い、あ、と声をあげた。

だが、一瞬の速さで狩衣の人は横にかわし、空振りをした刀の、びゅ、という音がする。

光山は振り返って下がり、間合いを空けて刀を正面に構えた。

ちらとおそめに向けた光山の顔から、余裕が消えている。こちらに来ようとしたが、狩衣の人が動いたので、足を止めた。

「おのれ!」

光山が叫び、猛然と迫って刀を打ち下ろした。

狩衣の人は抜刀して、光山の一撃を弾《はじ》き返した。

刀と刀がぶつかる音がして、光山の手から飛んだ刀がくるくると回り、地面に落ちた。

「うっ」

声を失う光山の眼前に、刀の切っ先がぴたりと止められた。

悪人に向ける凛々《りり》しい顔の、なんと美しく、頼もしいことか。

あまりの強さに、文代を駕籠に押し込んで加勢に入ろうとしていた浪人は、真っ青な顔をして逃げた。

怪我を負わされた二人の手下も逃げ、見捨てられた光山は、微動だにしない切っ先に目を寄せて、唇を震わせている。

「き、斬るな」

「二度と近づかぬか」

「はい、はい」

刀が引かれると、光山はよろよろと下がり、刀を拾って逃げていった。

狩衣の人は、右手に刀を下げたまま、路地の先を見ている。

なんだろう。

おそめも目を向けると、物陰から出た人影が走り去った。薄暗い路地なので顔は見えないが、侍のように思えた。

怪しい人影が去って、狩衣の人は刀を納め、駕籠に歩む。

おそめは永太郎と共に続いた。

縛《いまし》めを解かれ、意識を取り戻した文代が、狩衣の人に驚いた顔をした。

「文代様」

おそめが声をかけるとこちらに向き、顔をゆがめた。

「永太郎！」

我が子を抱きしめた文代に、おそめが言う。

「こちらのお方が、危ないところをお助けくださいました」

狩衣の人に顔を向けた文代が、神妙な顔で頭を下げてお礼を言った。

狩衣の人が、よかったと言った。なんて優しい笑顔なのだろう。

横顔を見ていた時、目が合った。

慌ててそらしたおそめは、言葉を探す。

「あの、お名前は……」

狩衣の人は微笑んだだけで教えてくれず、文代に顔を向けた。

「今の者どもに狙われる心当たりがあるのか」

「はい。この子の命を狙われています」

「何ゆえじゃ」

「それは……」

文代はためらった。

見知らぬ人なので言いたくないのだと思ったおそめは、言いたい気持ちをぐっとこらえた。

狩衣の人が永太郎の頭をなでて、可愛い子だと言った。きっと、子供好きなんだと思ったおそめは、この人なら助けてくださるのではないかと期待して、文代をさしおいてわけを言おうとしたが、先に狩衣の人がしゃべった。

「友に町方与力がいる。また曲者《くせもの》が戻るといけぬので、そこにまいろう」

与力と聞いて、文代の顔が強張《こわば》った。

「わたしのような者がご厄介になるわけには……」

「遠慮はいらぬ。さ、まいろう」

おそめもそれがいいと思い、

「文代様、助けていただきましょう」

そう言って、頭を下げた。

「お願いします」

「ふむ」

きびすを返して表通りに向かったので、おそめは文代を促して、後に続いた。

表通りで駕籠を雇い、文代と永太郎を乗せてくれた優しさに、おそめは胸がときめいた。

見知らぬわたしたちを助け、優しくしてくれるなんて、このお方はいったい、何者なのだろう。

名前を知りたいと思ったが、何度も訊くのは恥ずかしくてためらっているうちに、駕籠は組屋敷の門前で止まった。

おそめが駕籠の代金を払おうとしたが、金を持っていないことに気付いた。それを見た狩衣の人が払ってくれた。

まるで待っていたかのように組屋敷の門が開けられたのは、その時だった。

出てきた男の人が、おかめに似た顔をしていたので、おそめは一目で、この人はいい人だと思った。

出かけようとしていたらしい与力は、驚いた顔で、

「おお、信平殿、先ほど帰られる時にこれを渡し忘れたので、今から届けようとしていたところだ」

そう言って差し出したのは、子供が遊ぶ駒だった。

福千代殿にこれを、と言った。

信平様には、妻子がいるのか。

そうと知って、おそめはますます、このお方なら助けてくれるかもしれないと思うのと、ちょっぴりがっかりした自分の気持ちに驚いた。

そのあいだにも、信平様は与力と話をし、事情を知った与力が、

「さ、入られよ」

と、手招きして誘ってくれた。

真新しい畳の香りがする八畳間に案内されて、信平様が上座に座り、そのそばに座った与力が、自分たちが座るのを待って、口を開く。

「それがしは北町奉行所与力の五味正三だ。そしてこちらは、将軍家の遠縁にあたられる鷹司信平殿だ」

おそめは一瞬息が止まった。高貴なお方に違いないと思っていたが、まさかそのように身分の高いお人とは。

そのような人と同じ部屋にいることが信じられないが、夢ではない。おそめはより、安心感に包まれた。

五味与力が、文代に詳しく聞かせてくれと言ったので、おそめは気を利かせて、文代の腕の中で眠ってしまった永太郎を引き取り、背後に控えた。

すると文代が、二人に頭を下げた。

「この子は、炭町の炭問屋、信濃屋《しなのや》波右衛門《なみえもん》の息子でございます」

五味与力が驚いた。

「波右衛門に子がいたのか。いや待て、どういうことだ。その子はそなたの子であろう」

「はい」

「波右衛門との子なのか」

文代はうなずいた。

「わたしが親子ほど歳《とし》の離れた旦那様の子を授かったのは、寄り添い屋から紹介されたからです」

「つまりそなたは、妾《めかけ》……」

「はい」

「そなた歳は」

「二十八です」

「ううむ、確か波右衛門は、齢《よわい》五十であったな」

「さようでございます」

「まさに、親子だな」

口が過ぎる人だと思いながらおそめが見ていると、目が合った。

「いや、親子とは言いすぎた。すまぬ」

恐縮する五味に、文代は首を横に振る。

五味が、永太郎に眼差しを向けた。

「長年跡取りが欲しいと願っていた波右衛門にとって、その子は目に入れても痛くないほど可愛いはずだ。そんな子が、何ゆえ攫《さら》われそうになったのだ。金目当てか」

文代がうつむいた。

「旦那様が、永太郎を本宅に引き取りたいと願われたのが発端でございます。本妻が強く拒まれ、それどころか、恐ろしい浪人を家によこしては……」

声を詰まらせる文代に代わって、おそめが言う。

「この子を連れて江戸から出ていかないと、殺すと脅されたのです。今日が三度目で、わたしたちがまだいたので攫おうとして……。わたし怖くなって、文代様を置いたまま逃げていたのです」

涙がとめどなくあふれてきた。

文代が振り向き、手をにぎってくれた。

「あれでよかったのよ。二人でそう決めていたでしょ」

「でも……」

五味が口を挟んだ。

「そこへ、信平殿が通りかかったというわけか」

おそめは五味を見て、はいと言った。

五味が顎を引いた。

「運がよかったな。おれが今日という日に、信平殿をここへ誘ったからだぞ。なあ、信平殿」

「そうだな」

信平様は優しいお方だ。二人は本当に仲がよさそうだ。

「さて、これからどうするか」

五味が腕組みをした。わたしたちのために考えてくださっているのだろうが、おかめ顔なので真剣さが伝わってこない。

おそめは、とりあえず家に帰れと言われるのではないかと思って不安になった。

すると、信平様が美しい顔を五味に向けられた。

「信濃屋とは親しいのか」

「同心の時は、ちょくちょく顔を出していたからな。波右衛門の今の本妻は、どうも苦手だな」

「今の、とは？」

「うむ。前妻は若い頃に病で亡くなったそうなのだ。今の本妻を迎えたのは八年前だったが、なかなか子を授からぬといって焦っていた。波右衛門には、身代を譲る親戚縁者がいなかったからな」

「それで、この子を本宅に入れようとしているのか」

「本妻の身とすれば辛いことは分からぬでもないが、だからと言って、人を雇って脅すというのは、やりすぎだ」

「そなた、本妻を説得できぬか」

信平様は、いいことをおっしゃる。

おそめは文代をつついて振り向かせ、期待の笑みを浮かべた。

文代もうなずき、五味に両手をつく。

「この子のためと思うて、何とぞ、よろしくお願いいたします」

「よし分かった。さっそく行ってみよう」

「ありがとうございます」

おそめも頭を下げた。

「お初か」

信平様のふいの声に、おそめが顔を上げると、いつの間にか、庭に女の人がいた。

意志の強さを表す眼差しの、美しい人だ。

ちらと五味を見て、おそめは吹き出しそうになった。お初さんを見つめる顔はだらしなくて、鼻の下があんなに伸びた人は見たことがない。

信平様は廊下に出て、お初さんから何かを聞いている。世の中には、忍びと言われる人がいると聞いたことがあるが、もしかすると、この人もそうなのだろうか。そんな風に思ってしまうほど、強そうで、凛《りん》としている。

話を終えた信平様が、こちらに眼差しを向けた。おそめは慌てて、永太郎に眼差しを向けてあやした。

「そなたら、水谷元之介《みずたにもとのすけ》という御家人を知っているか」

「初めて聞く名です」

文代が答えて、振り向いた。

「おそめちゃん、知ってる?」

考えたが、覚えがない。

「いえ、知りません」

「誰です?」

五味が訊いたのでおそめは眼差しを向けた。顔が元に戻っている。よく動く顔だ。

すると、信平様が、先ほど浪人が逃げた時、家を見張っていたとおっしゃったので、信濃屋のおかみさんは御家人にまで頼ったのかと思い、なんだか怖くなった。

文代と永太郎と三人で、あの家に帰るのは不安だ。

おそめはまた、文代をつついて振り向かせた。

「大丈夫でしょうか。どこかに逃げますか」

「そうね……」

言ったきり考え込んでしまう文代様は、信濃屋の旦那様と思い出がある家を離れたくないのかもしれない。

旦那様が文代様のために買われた家だし、わたしだって、文代様の世話をするために雇われたのだから、あの家に帰るしかない。でも、命が一番だ。

「文代様、逃げましょう」

「待ちなさい」

信平様が言ったので、おそめはうつむいた。

「どこにも行かずともよい。五味殿、三人をここに匿《かくま》ってはくれぬか」

「おれは構わぬ。部屋はたくさん空いているからな」

おそめが顔を上げると、信平様は五味にうなずき、文代に眼差しを向けた。

「文代さん、しばらくここに隠れていなさい」

「ご迷惑をおかけしますが、どうか、よろしくお願いします」

文代が頭を下げたので、おそめは安心した。感謝の気持ちで信平様を見ていると、庭に顔を向けた。

「五味殿一人では、もしもの時に不安だ。お初、そなたここに泊まり、三人を守ってくれ」

「承知しました」

お初さんは真顔で応じた。どんな人なんだろう、と、おそめは憧れの気持ちで見ていたのだが、ふと眼差しを五味に向け、だらしなくにやけた顔を見て確信した。

この人は、お初さんに惚《ほ》れている。

信平様が帰ると言ったので悲しくなったが、おそめは五味について表の門まで送ると、頭を下げた。

「命を助けてくださったことは、生涯忘れません」

「また会うことがあろう」

言われて顔を上げると、信平様が振り向いていた。優しい顔だ。

「ここにいれば安心ゆえ、決着するまで、ゆっくり過ごすがよい」

「はい」

きびすを返した信平様の狩衣の袖が、おそめの手をかすめた。

このいい香りは、奥方様が選ばれたのだろうか。

おそめは、道を歩んで行く信平様の後ろ姿を、身体が浮いたような心持ちで見送った。

二

五味は、信平を見送って戻ると、おそめを別室に誘った。

なんだろう、という顔をするおそめに、

「ちと、文代さんのことを聞かせてくれ」

小声で言うと、おそめは素直に応じた。

五味はおそめを、台所の板の間に連れて行った。

台所で夕餉《ゆうげ》の支度をしていた女中のお富《とみ》が、手を止めて五味を振り向いた。

「旦那様、信平様はお帰りですか」

「ああ、今帰った」

「お座敷《ざしき》で赤子の声がしていたようですが……」

五味に続いて入ったおそめに気付いたお富が驚いた。

「あれ、可愛らしい娘さんですこと」

五味が顔を向けると、おそめは恥ずかしそうに頭を下げた。

「この娘はおそめさんだ。ちょいと事情があってな、今日から泊まることになった。他にも、文代さんと永太郎という母子がいるので、すまないが、夕餉の膳の数を増やしてくれぬか」

「お初様もおられます」

おそめが言ったので、お富は五味を見た。

「旦那様、なんだか嬉しそうですね」

「からかうなよ」

お富は両肩を上げてくすりと笑い、支度の途中だった食材を見た。

「それじゃ、買い足してきます」

前垂れを外して出かけようとしたお富に、おそめが言う。

「わたしも一緒に行きます」

五味が止めた。

「お前さんはここにいろ。訊きたいことがあると言っただろう」

「あ、そうでした」

「お富、頼んだぞ」

「はい」

お富は笑顔で応じて出かけた。

五味はおそめを座らせて、茶を淹《い》れてやろうと思ったのだが、勝手が分からない。

そこへお初が来た。

「わたしが淹れるからどいて」

「いや、茶くらいおれが……」

「いいからどいて」

おそめに話を訊け、と目顔で指図するお初の顔がまた美しく、五味はにやけた。

「早く」

「はいはい」

一つ咳をして、おそめの前に座った五味は、改めて訊いた。

「文代と波右衛門のことだが、文代は、どうして波右衛門の子を授かることになったのだ。知っていることだけでいいので教えてくれ」

おそめはこくりとうなずき、話しはじめた。

「両親がいない文代様は、四谷《よつや》のなんとかという長屋で縫い子をしながら暮らしていたそうですが、ある日雇い主から、大店《おおだな》の主人の妾にならないかと、話を持ちかけられたそうです」

「その相手が、波右衛門だったのか」

「はい。でも、初めは断ったそうです」

「だろうな。あの年の差だ。それがなんで、子を産んだのだ」

「寄り添い屋の人から、一度だけでいいので会ってくれと言われて、仕方なく応じたのだそうです。初めのうちは、父親と話をしているみたいだったそうなのですけど、なんとなく次の約束もしてお別れして、それからは、三度、四度とお会いしているうちに旦那様のお優しい人柄が好きになり、妾の話をお受けしたそうです」

「そうだったのか。それでお前さんは、元から信濃屋で奉公していたのかい」

「いいえ。大喜びされた旦那様が文代様のために今の家を買われて、わたしはその時に、身の回りのお世話をするために雇われたのです」

「ふぅん。お前さん、今いくつだ」

「十七です」

「いくつの時に雇われたんだ」

「十四です」

「それじゃ、もう三年になるのか」

「はい」

「子供はいつ生まれた」

「一昨年の師走です」

「波右衛門が子を引き取りたいと言ったのはいつだい」

「つい半月ほど前です。乳離れをしたので、跡取りとして本宅に引き取るとおっしゃって。文代様は、永太郎ちゃんのためになるなら、と言われて、泣く泣く承知されました。それなのに、すみえ様たら……」

「まあ、いやだと言いそうだなぁ」

冷たそうな信濃屋のおかみの顔を思い出した五味が心配していると、お初が来て、お茶を淹れた湯飲《ゆの》み茶碗《ぢゃわん》を置いてくれた。

「ありがとう」

五味を一瞥《いちべつ》したお初が、おそめに向く。

「はいどうぞ」

「ありがとうございます」

おそめが礼を言い、お初に向ける目を輝かせている。

お初は笑みで応じて、五味に顔を向けた。

「お茶請けあるかしら」

「おお、これは気が利かなかった」

五味は立ち上がり、戸棚を開けて菓子箱を出した。

「もらい物の羊羹《ようかん》だが、旨いぞ」

五味は小形の羊羹が詰められた箱をおそめの前に置いた。

「いただきます」

おそめが一つ取るのを待ち、お初は小包を二つほど取って折敷《おしき》の皿に置き、五味に顎を引いて文代のところに戻った。

五味はおそめに羊羹をすすめた。

小包を開けて一口食べたおそめが、美味しい、と言って微笑む。

五味は茶を一口飲み、話を続けた。

「信平殿が追い払った浪人者たちは、まことに本妻のすみえさんがよこしたのか」

「はい。光山熊三という浪人と、その手下です。捕まえてもらえませんか」

「その前に、すみえさんがどうしてそんな手荒な真似《まね》をしたのか調べないとな」

「それなら分かっています。旦那様が、永太郎ちゃんを本宅に入れることに応じなければ離縁するとおっしゃったからです」

「何、波右衛門はそんなことを言って脅したのか」

「脅しではなく本気だと、旦那様は文代様におっしゃっていました。もう五十だから、先が長くないので跡継ぎを決めておきたいともおっしゃいました」

「すみえさんはそれに怒り、人を雇って、文代さんと永太郎を波右衛門から遠ざけようとしたのだな」

「はい」

「よし分かった。日暮れまでにはまだ時があるので、これから信濃屋に行って、すみえさんと話してみよう。三十五の大年増ゆえ、子をあきらめていると言うていたからな。あんな可愛い子を跡継ぎとして育てれば、すみえさんにとっても先が安泰だ。そこを説いてやれば、引き取ると言うかもしれぬからな」

　おそめは羊羹を置いて、両手をついた。

「どうか、お願いします」

　五味は感心した。

「若いのに、ようできた娘だ。話がどうなるか分からぬので、文代さんには内緒にしておいてくれ」

「はい」

「では、行ってくる」

五味は立ち上がって自分の部屋に戻り、身支度をした。

そこにお初が現れたので、五味は笑顔で言う。

「これから信濃屋に行って、本妻と話してきます」

「そうですか」

「ここに浪人は来ないと思いますが、水谷という御家人が気になりますので、三人を頼みます」

「五味殿も気を付けて」

心配してくれたので、五味は嬉しくなって笑顔でうなずいた。

お初は玄関まで送ってくれた。

「では、行ってきます」

組屋敷でお初に見送りをされているのが信じられず、五味は何度も振り向いて歩み、門から路地に出た。

急いで炭町に行き、信濃屋に入った。

気付いて頭を下げた若い手代に、五味は気軽に声をかけた。

「ちょいとおかみに訊きたいことがあるのだが、いるかい」

「はい。おられます」

「ここじゃできない話なのでな、部屋へ通してくれ」

「かしこまりました。こちらへ」

手代は店の奥に招き、帳場にいた波右衛門に言う。

「旦那様、五味様がおかみさんに話があるそうです」

すると波右衛門は、奥の部屋を気にして、上《あ》がり框《がまち》まで出てきた。

「五味様、お話というのはまさか……」

五味は歩み寄り、波右衛門の耳もとでささやく。

「実はな、今文代さんと永太郎をおれが預かっている」

「ええ！」

「大きな声を出すな」

「す、すみません。ですが五味様、どうして……」

「光山熊三という浪人を知っておろう」

波右衛門は驚き、顔色が青くなった。

「まさか、今日も脅しに来たのですか」

「今日は脅しではない。かどわかされそうになったところを、おれの友が助けた。事情はおそめから聞いている。おかみと話をさせてくれ。悪さをせぬよう言うて聞かせる」

「はは、どうかお願いします」

「うむ。二人で話させてくれ」

「かしこまりました」

波右衛門は手代に、客間に案内するよう言いつけ、自分は帳場に残った。

客間に入り、出された茶を一口飲んだ時、本妻のすみえが現れた。

三十五歳の女の色香をぷんぷんさせているすみえに、五味はいささかむせる。

すみえが信濃屋の嫁になる前は何をしていたのか知らぬが、着物も派手で、櫛《くし》や簪《かんざし》も凝ったものを差し、商家の本妻というよりは、唄の師匠と言ったほうが似合う女だ。

そのすみえが、五味の前に正座した。中高の長細い顔をやや横に向け、白い指で襟元を寄せて五味を横目に見て、小さな口を開く。

「五味様、わたしに話とは、どういった御用件でございましょう」

「察しがついているだろう」

「はて、なんのことやら」

不機嫌を言葉でぶつけられても、五味は動じない。

「文代さんのことだ。光山熊三なる浪人と無頼の輩《やから》を使って、文代さんと永太郎をどうする気だ。かどわかしは、命じた者も重罪だぞ」

五味に向けたすみえの目に、みるみる涙が浮かんだ。

「北町奉行所の与力ともあろうお人が、情けない」

「何？」

「だってそうじゃありませんか。文代に騙されて、まるでわたしを悪人のようにおっしゃって」

「待て、どういうことだ。光山熊三を雇ったのはお前さんじゃないのか」

「わたしですよ。でもそれは、あの性悪女を主人から引き離すためです」

「性悪女？　文代さんが？」

「さんなんて付けなくていいんですよ、あの性悪女には」

「妾を目の敵にする気持ちは分からぬではないが、性悪女は言いすぎだろう。永太郎を引き取れば、お前さんは育ての親になれるのだぞ」

「波右衛門の子なら、わたしも喜んで引き受けます」

五味は驚いた。

「そいつはいったい、どういうことだ」

すみえは着物の袖を目に当てて、洟《はな》をすすった。唇を震わせて言う。

「文代は、あの性悪女は、他人の子を波右衛門の子だと言って、信濃屋の身代を狙っているんです」

「他人の子！」

「大きな声を出さないでください。主人はまだ知らないのですから」

「えぇ」

五味は顔をゆがめて、驚きと落胆の声を吐いた。

「あの文代がそのような嘘をつくとは、おれには信じられん。本当なのか」

「証人がいますから、連れてきます」

すみえは立ち上がって席を外した。

五味はまた、えぇ、と声を吐き、文代の顔を思い出す。

文代は決して美人とは言えないが、物静かで、母親らしく落ち着いた雰囲気のある女だ。

人は見かけによらぬと言うが、人のよさそうな顔の下に、他人の子を波右衛門に押し付けるような図太さを隠しているのだろうか。

五味は、何かの間違いだと独りごち、気持ちを落ち着かせようとして、湯飲み茶碗を取って茶を飲んだ。

程なく、すみえが若い女を連れて戻った。

藍染の小袖を着た女を中に入れたすみえは、障子を閉めて言う。

「この子はうちの女中です」

「たみと申します」

おたみは正座して辞儀をした。

すみえが言う。

「おたみ、五味様に見たことを隠さず話して差し上げて」

「はい」

おたみは居住まいを正し、ややうつむき気味にした。

「旦那様が文代さんのために買った家に、おかみさんからの贈り物を届けに行った時のことでございますが、お声かけしても返事がないので、お手紙と品だけ置いて帰ろうと思って勝手口から入った時、見たのです」

そこから言い淀《よど》むおたみに、五味が訊く。

「何を、見たのだ」

おたみは顔を赤くした。

「文代さんと、その……」

おたみはすみえに顔を向けた。

すみえが言う。

「若い男と裸で抱き合っているのを見たって、はっきりお言い」

するとおたみは、五味に顔を向けた。

「見ました。この目で確かに」

五味は目を細めた。

「嘘じゃあるまいな」

「嘘じゃありません。あたし本当に見たんです」

涙を浮かべて訴える眼差しは、すみえに言わされているようには思えない。

五味が腕組みをして訊く。

「それは、いつのことだ」

「旦那様があの家を買われて、すぐの頃です」

五味はすみえに顔を向けた。

「妾に贈り物とは、ずいぶん寛大ではないか」

すみえがつんとした顔で、ちらりと目を合わせた。

「まあわたしも、子を授かっていない身ですから、その時は妾もいいかと思ったんです。仲良くしようと思って贈り物を届けさせたのに、これですもの。ひどいと思いません？」

「ほんとうに、波右衛門の子ではないのか」

「妾宅に連れ込んだのは一度や二度じゃありませんから、間違いありませんよ」

「調べたのか」

「当たり前じゃないですか」

「相手は誰だ。誰の子だ」

「水谷元之介というお侍ですよ」

「水谷……」

五味は復唱して、腕組みをした。波右衛門が哀れで、ため息が出る。

「何ゆえその時、波右衛門に言わなかったのだ」

「言えるものですか……。これでお分かりでしょう。文代が産んだ子は、主人の子ではないのです」

「それは分からぬぞ。他に男がいたとしても、正真正銘、波右衛門の……」

「ありません」

「どうして決めつける」

「わたしに子ができなかったからですよ。主人には子種がないかもしれないと、医者も言っていたんですから」

五味は三度、えぇ、と、驚きの声を吐いた。

横手の襖が荒々しく開いたのは、その時だ。

目玉が落ちんばかりに瞼《まぶた》を開いた波右衛門が、歯を食いしばって入ってくると、すみえに言う。

「嘘だ。でたらめを言うな」

「お前様！」

文代に男がいることを隠していたので、すみえはうろたえた。

「聞いてらしたのですか」

波右衛門はすみえの胸ぐらをつかんで迫る。

「文代に男などいるものか。嘘だと言え。嘘だと……」

「嘘じゃありませんよ。だいたい、お前様のような脂臭い男を若い女が本気で相手にするものですか。目をさましなさいな」

「黙れ！　お前と一緒にするな！　文代は、文代はそんな女じゃ……」

ぅう、と、呻いた波右衛門は、すみえの着物をつかみながらずるずると膝をつき、横に倒れて、苦痛の顔であお向けになった。

どす黒い顔をして、口の端から泡を出している。

「お前様！」

顔に両手を当てて驚くすみえ。

「いかん。すぐに医者を呼べ」

五味が言うと、おたみが部屋から出ていった。

五味は波右衛門のそばに行き、横向きにさせて背中をさすった。息はあるが、意識がない。

「持病があるのか」

「…………」

返答がないので顔を向けると、すみえは波右衛門を見ていた。その冷めた目つきに、五味が怒鳴る。

「おい！」

はっとして眼差しを向けるすみえに、同じことを訊くと、目を泳がせた。

「特には……」

「よほど驚いたのであろう。自分の身になって思えば、心ノ臓が止まる」

五味は波右衛門の頬を軽くたたいて名を呼んだが、うう、うう、と呻くものの、目を開けない。

番頭が来て、倒れた波右衛門を見て驚いた。

「旦那様！　五味様、いったいどうしてこのようなことに」

「その話は、今はいい」

濡《ぬ》れた布を持ってこさせ、額に当ててみたりしても、意識が戻らない。

そうこうしているうちに、手代が医者を連れてきた。

難しい顔で波右衛門を診た医者が、脈を取り、背中をさすったりしていると、波右衛門はようやく目を開けた。

「ああ、先生、どうして……」

力なく言う波右衛門は、倒れたことを覚えていないようだ。

医者が波右衛門の瞼を指で開いて目を診て、手足を調べて言う。

「酒を控えよと前に言うたはずじゃぞ」

「寄り合いが続きまして、つい……」

「倒れたのは、酒のせいだけではない。胸が苦しゅうなるほど驚くことがあったのか」

波右衛門は、きつく瞼を閉じた。

医者が言う。

「言わぬでもよい。何があったか知らぬが、今はそのことを考えず、ゆっくり寝ていなさい。薬を出すゆえ、それを飲んでみなさい。すみえさん、明日の朝起きられぬようなら、呼びにきなさい」

「はい」

医者は波右衛門の肩をたたいた。

「よいか、わしがいいと言うまで、酒を飲んではいかんぞ。死にたくなければ、言うことを聞け」

波右衛門が顎を引いたので、医者は帰った。

五味もまた来ると言って医者と共に表に出ると、見送るすみえに言う。

「事情は分かったが、怪しげな浪人を雇って文代さんを脅すのはやめろ。波右衛門も、今後のことを考えるだろうから」

「承知しました。もう二度といたしません」

「うむ。頼むぞ」

五味は念を押して、組屋敷に帰った。

文代とおそめは、永太郎と三人で台所の板の間に座り、お富が作ってくれた夕餉を食べていた。

お富を手伝い、自分の家で味噌汁《みそしる》を温めているお初の姿に、五味は照れた。

「このままずっといてくれたら、どんなにいいか」

声に気付いたお富が顔を向けた。

「あれ、旦那様、いつからそこに」

「んん？　今戻ったところだ」

「何がいいのです？」

「いや、その……、なんでもない」

文代とおそめが箸を置いて両手をついた。

「お先にいただいています」

五味は笑顔で言う。

「いいから、気にしないでお食べなさい」

お初がようやく顔を向けてくれた。

「食べますか」

「いや、その前に」

顎を引くと、察したお初がお富に任せて歩んできた。

裏庭に誘った五味は、信濃屋で聞いたことをすべて話した。

やはりお初も驚き、信じられないと言う。

「半日共に過ごしているけど、そのようなことをする人には思えないわ」

「おれもそう思うのだが、おかみと女中が嘘をついているようにも見えないので、どうしたものかと」

「待つしかないと思う」

「何を？」

「信平様が水谷殿のことを調べておられるので、何か分かるはず。それまでは、ここで守りましょう」

「お初殿がいてくれるなら、何日でも何年でも、守りますぞ」

「…………」

お初はくるりと背中を向けて、台所に戻った。

五味は腑抜《ふぬ》けた顔をして、ふらふらと後を付いて行く。

三

信平の命を受けて水谷元之介を見張っていた鈴蔵は、朝暗いうちから赤坂の屋敷を出て、神田橋御門外にある水谷家の屋敷に行くと、何気なく門の前を素通りして様子をうかがい、近くの路地に入った。夜中に代わってくれていた千下頼母が、夜露をしのいでいた家の軒先から現れ、寒そうな顔で歩み寄る。

「動きはまったくない」

うなずいた鈴蔵が、温めた酒を入れている竹筒を差し出す。

「ありがたい」

頼母は一口飲んで一息吐き、五臓六腑《ごぞうろっぷ》に染み渡ると言って鈴蔵に戻した。

「御家の役目がございましょうから、ここからはそれがしが」

「うむ。頼んだ」

頼母は真顔で言うと、赤坂に帰っていった。

鈴蔵は酒を懐に入れて軒先に潜み、水谷家を見張った。

今日で三日目になるが、昨日の夜に浪人が二人出入りしただけで、水谷は姿を見せていない。

昨日の昼間は、見回りの岡っ引きに怪しい奴と言われて引っ張られそうになったが、ここで人を待っているのだと言い、なんとか誤魔化した。

その岡っ引きがたった今通りかかり、鈴蔵と目が合った。

鈴蔵は愛想笑いをしたが、岡っ引きは険しい顔で駆け寄る。

「おい、まだ人を待っているのか」

「へい」

「いったい誰と約束している。まさか、盗《ぬす》っ人《と》仲間じゃあるまいな」

「御冗談を」

「それじゃ誰だ。言ってみろ」

「女でございますよ」

咄嗟《とっさ》に出た言葉だ。

「女？」

「へい。二人で江戸を出ようって約束したんですが、今日で三日になります」

「ははぁ。そいつはあれだ、ふられたな」

「それを言わないでくださいよ。考えないようにしていたのですから」

「相手が誰だか知らねぇが、二日待って来なきゃ、脈はねぇぞ。ここらは御武家が多いから、いい加減にしねぇと怪しまれて、のっぴきならねぇことになるぜ」

「あと一日、いいえ、あと二日だけ待って来なければ、あきらめます」

「ねばるな」

岡っ引きは、哀れと呆れが混ざった微妙な顔をした。

鈴蔵が笑顔で誤魔化していると、岡っ引きは、

「来てくれるといいな」

憫笑を残して去っていった。

気を取り直して、水谷家の木戸門を見張ること半日、昼を過ぎて門扉が開いた。出てきたのは、濃紺の着物を着流した腰に大小を帯びた、歳の頃は三十過ぎの侍だ。

お初が言っていた切れ長の目と鷲鼻《わしばな》が、この男が水谷だと教えてくれる。

門の前に通りかかった侍と目礼を交わした水谷は、一人で通りを歩みはじめた。

少しあいだを開けて路地から出た鈴蔵は、岡っ引きに出会わぬよう目を配りつつ、後をつけた。

やがて日本橋を越えた水谷は、二つ目の辻を右に曲がり、三つ目の路地を左に入

り、石畳の道を歩んで行く。そして、竹琳《ちくりん》という料理屋を訪ねた。

落ち着いた佇《たたず》まいは、見るからに高級な様子で、少ない俸給の御家人には縁がなさそうな場所だ。

だが、格子戸を開けて出迎えた店の女は、

「お待ちしておりました」

と頭を下げ、馴染《なじ》んだ様子で接している。

鈴蔵は裏に回って、人気のないところで板塀のてっぺんにひょいと乗り、中の様子をうかがった。手入れが行き届いた庭に人気はなく、鈴蔵は難なく忍び込んだ。

こんもりと葉を茂らせたつつじの陰に身を潜めていると、店の女に案内された水谷が廊下を歩み、渡り廊下を通って奥の離れに入った。

鈴蔵は、部屋に案内して入った店の女が水谷と話している隙に渡り廊下の床下に潜り込み、離れ屋の床下の羽目板を外して忍び込んだ。

やがて店の女が去った。一人で誰かを待っているのか、話し声はしない。

酒を飲みに来ただけかもしれぬと思い、店の者が来るまで待つ気でいると、

「お連れ様がお待ちです」

女の声がして、母屋の廊下の角を曲がってきた。

案内されているのは、頬かむりをしている女だ。表情までは分からないが、着物の様子から、落ち着いた年増と分かる。

女は、先ほどの店の女の案内で離れに渡ってきた。

「失礼します。お連れ様がお見えです」

すると、

「呼ぶまで人を近づけぬように」

と言いつける声がした。

水谷の声は、低くよく響く。

店の女が下がり、障子を閉める音がすると、鈴蔵の頭上で足音がした。

「すみえ、待ちかねた」

「元之介様」

しばらくの沈黙があり、女のあえぐ声がしてきた。

昼間から情事を重ねる男女の床下で、鈴蔵は腹ばいになり、息を殺している。女のあえぎ声が一段と大きくなり、鈴蔵の頭上から埃《ほこり》が降ってきた。けもののような男の声に思わず吹き出しそうになったが、それを最後に沈黙したので、鈴蔵は耳をすませる。

くぐもったすみえの声がしたのは、程なくのことだ。

「昨日、町方の与力が来ました」

「文代のことでか」

「ええ。文代と永太郎は、五味という北町の与力が匿っているそうです」

「手の者どもの邪魔をした男が助けていると思うたが、与力の家にいたとは。して、なんと言うてきた」

「光山の旦那を使って文代を脅すのはよせと言われたので、咄嗟に思いついて、永太郎は元之介様のお子だと言ってやりました」

「何を馬鹿なことを。証があるまい」

「たみを証人にしましたので、大丈夫ですよ」

「あの若い女中か。口は堅いのだろうな」

「ええ。十両を渡したら、喜んで引き受けてくれました。あの子は芝居小屋にいただけあって、なかなかの役者ぶりでしたよ。うふふ、波右衛門なんて、すっかり信じて倒れたんですから」

「何、倒れたのか」

「はい。泡を吹いて」

「悪い女よ」

二人の愉快そうな笑い声がした。

水谷が言う。

「まあいい、与力が訪ねてくれば、文代は確かに昔の女だと言ってやる」

「よしなに」

「しかし倒れるとは、よほどこたえたのであろう。浪人など雇わず、初めからそのようにしておけばよかった。これで波右衛門は、永太郎を引き取るまい」

「それが、まだ安心できないんです」

「どういうことだ」

「波右衛門は文代に心底惚れていますし、跡取りを持つのは長年の望みですから、永太郎を養子に迎えると言いかねません」

「そうなると思うか」

「はい。昨日も、わたしの目の前で夢うつつに名を言っていましたから。やはり、文代と永太郎は生かしてはおけませんよ」

「何も殺さなくとも、子を引き取ればよいではないか。文代を始末して、永太郎をそなたの子としてしまえば、信濃屋も安泰。波右衛門も酒で身体を悪くしておるので老い先短い。黙っていても、そなたの思うままではないか」

「子供なんて面倒なものはいりませんよ」

「やはり、子はいらぬか。それにしても、これまで子を欲しがる波右衛門と枕を重ねて、よう孕《はら》まなかったな」

「子ができぬようにする術は、心得ていますので。このまま波右衛門があの世へ行ってくれれば、信濃屋の財は思うまま。好き勝手に生きますよ」

「まあ、それもよいか」

「これは、今日の分です」

「五十両か」

「信濃屋がわたしのものになれば、もっと差し上げますから、始末のこと頼みますよ」

「…………」

「浮かぬ顔をされて、どうしたんですよう。ことが終われば、二人でもっと楽しめるのですよ」

「しかし、与力の屋敷にいるのでは、手が出せん」

「もう二度と浪人を雇って悪さをしないと約束しましたので、家に帰るはずですから」

「そうか。では任せておけ」

「楽しみに待っていますから」

「どうした、もう帰るのか」

「次にお会いする時は、一晩でも二晩でもご一緒できるようにしてくださいな」

頭上で足音がして程なく、障子を開け閉めして、廊下の足音が遠ざかった。

部屋に残った水谷が別の部屋に通じる襖を開け、足音が離れの奥へ行く。

鈴蔵は音を立てずに床下を這《は》い、後を追った。

すると、

「お楽しみのようで」

と言う、別の男の、低い声がした。

「年増でも、色気がある女ですな」

「ふん、金のためだ」

水谷のうんざりした声がする。

「光山、お前たちに手を出させぬと、すみえが与力と約束したそうだ。文代と永太郎が家に帰るはずゆえ見張れ。次はおれも出張り、下女もろとも始末する」

「あの家で殺《あや》めたのでは、疑われます。人気のないところに攫うのがよいかと」

「それでは先日のように邪魔が入るやもしれぬ。夜中に襲い、物取りの仕業に見せかける。お前たちはその足で江戸を出ろ。これは、当面の金だ」

小判を投げ渡す音がした。

「ほとぼりが冷めた頃に戻ってこい。もっといい思いをさせてやる」

「それはありがたい限り。では、手はずにかかります」

数人の足音が離れから去っていくと、一人残った水谷は、母屋に向けて声をあげ、店の者に酒を頼んだ。

しばらく床下に潜んでいた鈴蔵は、店の者が酒を持ってきて落ち着いたところを見計らい、床下から這い出ると、竹琳から去った。

四

この夜、屋敷に帰っていた水谷元之介は、光山からの報《しら》せに備えて愛刀の手入れをしていた。

人を斬るのは、これで三度目になる。

いずれも世に知られていない斬殺のことは、今でも昨日のことのように覚えている。斬って捨てた一人目は、決闘の場になった林の中で、骨となっておろう。

一人目の相手は外様《とざま》大名の藩士であり、決闘となった理由は、今思えば、こちらが先に頭を下げればすんだことだ。

若さと、外様の藩士に対する侮蔑が、刃を交えても引かぬ思いにさせていたのだ。

二人目を斬殺したのは、家禄《かろく》三十俵の捨扶持《すてぶち》である貧しさを呪い、腐っていた時だ。

憂さを晴らしに、新吉原《しんよしわら》の羅生門河岸に安遊女を買いに出かけた際、花魁《おいらん》道中で小判をばらまいていたどこぞの商人に腹が立ち、帰りを待ち伏せて襲い、持ち金を奪った。

五年も前のことだが、世に出なかったのは、その男が罪なき者を苦しめる商人だったらしく、斬ったのが侍だという証言もあり、たいしたお調べがなされぬまま、闇に葬られたのだ。

それゆえ水谷は、世直しをしたのだといい気になっていた。

その後も新吉原に通い、羽振りのよさそうな商人を見つけては襲い、殺しはせずとも金を奪っていた。

侍の仕業と分かれば、町方は本気で探索をしなかったので、調子に乗っていた。その悪事から手を引くことになったのは、奪った金で通っていた竹琳で女中をしていたすみえが、波右衛門の後妻になったからだ。

すみえは竹琳で女中をしつつ、店には内緒で、客に身体を売っていた。

水谷も初めは客の一人だったのだが、身体を重ねるうちにすみえのほうが夢中になり、身もこころも、水谷のとりこになっていた。

だが、武家の水谷にいくら惚れたところで、夫婦になれぬ。そんな時に、客だった波右衛門が妻にしたいと願い出たのだ。

すみえは波右衛門の妻となった後も水谷に会いたがり、情事を重ねるたびに、多額の金をくれるようになっていた。

これほどの金づるを手放す手があろうか。

女を斬るのは気持ちのいいものではないが、金の誘惑には勝てぬ。

刀を見つめた水谷は、湯飲み茶碗に注いだ酒を飲み、不気味にほくそ笑んだ。

闇の庭に人が入ってきたのは、程なくのことだ。

光山の手下の浪人に、水谷が鋭い眼差しを向ける。

「いかがした」

「文代が子を抱いて、妾宅《しょうたく》に入りました」

「下女は」

「共にいます」

「顔を見たのか」

「雲が出て暗い夜ですので、下女は後ろ姿だけですが、駕籠から降りた文代と子供は、駕籠かきがちょうちんで照らしましたので、間違いございません」

「よし」

頭巾で顔を隠し、共に屋敷を出た水谷は、夜道を急ぎ、光山が陣取っている小料理屋に入ると、二階に上がった。

外を見ていた光山が振り向き、顎を引く。

水谷は訊いた。

「この店の者は」

「心配いりませんよ。御上《おかみ》嫌いの一癖も二癖もある野郎で、金でどうとでもなります」

「しかし、ここは妾宅から離れすぎている。見張りは大丈夫か」

「手下が張り付いていますので、ご心配なく。まずは、景気付けに一杯」

「うむ」

水谷は盃を受け、一息に干した。

光山が悪い顔を向ける。

「いつやります」

「真夜中がよかろう。忍び込んだら、声を出されぬように気を付けろ」

「ぐっすり寝ておりましょうから、口を塞ぎますんで、水谷様が一思いにやってください。わたしはどうも、女子供をやるのは気がすすみませんので」

「貴様、人を斬ったことがないのか」

「ございますよ。虫けらのような野郎ばかりですが」

「ふん、虫けらが虫けらを殺したところで、どうってことはない」

「その虫けらの親玉が、あなただ」

光山は皮肉な笑みを浮かべた。

「お前の言うとおりだ」

水谷は鼻先で笑い、盃を差し出して、注げと命じた。

それからは酒を断ち、怪しまれぬように明かりを消すと、横になって時を待った。

丑三《うしみ》つ時《どき》を過ぎた頃になり、水谷と光山は身を起こし、手下と共に階下へ向かった。

妾宅の裏手に行くと、暗がりから手下が現れて加わり、女二人と子供を相手に、総勢八名がかかろうとしている。

頭巾で顔を隠している水谷が腕を振ると、手下が板塀を越えて中に入り、裏木戸を開けた。

光山を先頭に浪人が入り、水谷は最後に入る。そして、木戸を閉めて閂《かんぬき》をかけた。これで、外からの邪魔はない。

光山らはすでに勝手口に取りつき、音もなく開け、暗い戸口に吸い込まれるように姿を消した。

水谷も続いて入ると、薪の煙にいぶされた匂いがする台所から土足で板の間に上がり、裏手の廊下へ行く。

廊下は、暗闇の中に潜む光山らの、汗と脂の匂いに満ちている。

「やれ」

光山の小声がしてすぐ、手下が火種を吹き、蠟燭《ろうそく》に火を灯《とも》した。同時に別の手下が障子を開け、中に入った。

「うぅ」

短い呻き声と、人が倒れる音がした。その刹那、蠟燭に何かが飛び、火が消えた。

暗闇で呻き声がして、閉められていた雨戸を突き破って庭に転げ落ちた者が、雲から抜けた月明かりに浮かぶ。

気を失っているのは、手下の浪人だ。

「どうなっておる！」

水谷は怒鳴り、庭に駆け出た。

光山と手下どもも駆け下り、抜刀して、家に向かって構えた。

「明かりを持て」

水谷の声に応じて、手下が種火を吹き、蠟燭を灯す。

「何奴だ。出てこい！」

光山が怒鳴った。

すると部屋の暗闇から、小太刀を構えた女が出てきた。その奥で、永太郎が泣きだした。

母親の文代があやす声がする。

光山が、小太刀を構えて文代たちを守る女に言う。

「貴様、何者だ」

「麿の配下の者じゃ」

ふいに背後でした声に、水谷が振り向く。

手下が向ける蠟燭の明かりに浮かんだのは、白い狩衣を着けた信平だ。

光山が目を見張る。

「邪魔をしたのはこの者です」

「分かっている」

水谷は言い、狩衣の男を睨んだ。

「公家の者とて、邪魔立てすると命はないぞ」

「見逃すわけにはいかぬ」

「そうか、ならば覚悟せい。やれ」

水谷が命じるや、手下の浪人が斬りかかった。

信平は狐丸《きつねまる》を抜刀して、刃を弾いた。

手から刀を飛ばされた浪人が脇差を抜こうとしたが、信平に当て身を入れられ、腹を押さえて倒れた。

その速さたるや尋常ではなく、浪人どもが息を飲む。

「怯《ひる》むな！」

光山の声に押されて、浪人が斬りかかろうとしたが、横から投げ打たれた手裏剣が腕に刺さり、激痛に耐えかねて下がった。

鈴蔵が信平の前に現れ、斬りかかる浪人どもと刀を交えた。

信平は、お初に向かう光山を追う。

するとお初は、光山の一刀を小太刀で受け流し、背中を峰打ちにした。

激痛に呻いてのけ反った光山が、なおも刀を振り上げたのだが、お初に下腹を蹴られ、庭で転げ回った。

苦しむ光山に冷めた眼差しを向けるお初を横目に、信平は、手下を捨てて裏木戸に逃げる水谷を追った。

水谷は、鈴蔵が閂を外していた木戸を開けて潜り出ようとしたが、鼻先に十手を突きつけられて後ずさる。

紫房の十手を突きつけて入った五味が、

「御家人、水谷元之介！　そこにおわすは将軍家縁者の鷹司信平殿だ。観念しろ！」

そう怒鳴るや、

「何……」

水谷は絶句し、驚愕《きようがく》の顔を信平に向けた。

「ま、まさか……」

絶望した水谷の顔に血がのぼり、こめかみに青筋が浮く。

「おのれ、おのれ、おのれ！」

逆上の怒号をあげた水谷が刀を構え、信平に迫った。

袈裟懸《けさが》けに打ち下ろされる前に左に転じて刃をかわした信平は、空振りをして振り返った水谷の喉元に狐丸を突きつけた。

「うっ」

血走った眼を見開く水谷。

動けば命はない。

水谷は恐怖に勝てず、刀を捨てた。

五味が取り押さえると、水谷が悔しそうな顔をした。

「悪いのは信濃屋のすみえだ。すべてあの女が仕向けたことだ」

「後でじっくり聞かせてもらう」

五味は縄を打ち、光山と浪人たちは、鈴蔵が捕らえた。

五味が言う。

「信平殿、信濃屋のことはおれに任せてくれ」

「頼む」

応じた信平は、狐丸を鞘に納め、静かに息を吐いた。

五

数日が過ぎた。

赤坂の屋敷にいる信平は、松姫と福千代の三人で庭を散策していた。

日差しが春めき、池のほとりには青い草花が咲いている。

福千代は母の手から離れ、庭を走る。その先では、佐吉が仙太郎と国代《くによ》の三人で、土をいじっていた。

「おお、若」

佐吉が気付くと、仙太郎が振り向き、にんまりと笑った。

「仙太郎、麿についてまいれ」

福千代は仙太郎に手を差し出してつなぐと、庭の奥の雑木林に向かった。

「福千代、どこに行くのです」

松姫が心配して声をかけると、福千代が振り向いた。

「お祖父様《じじ》のところです」

すると、縁側にいた善衛門が大声を出した。

「若、勝手に行ってはなりませぬぞ」

すると福千代が立ち止まり、眉間にしわを寄せた。

「爺《じい》、心配いらぬ。お祖父様はいつでも来てよいとおっしゃったのだから」

「いくらそうでも、もうじき日が暮れます。森は広うござるから、迷うたら一大事。夜の森には子供を攫う天狗《てんぐ》が出ますからな」

すると福千代は、仙太郎を連れて信平のところに戻った。

「父上、ほんとうですか」

「ああ、善衛門が申すとおりだ。暗くなるゆえ、庭で遊びなさい」

だが福千代は、真剣な眼差しを向けた。

「退治しとうございます」

「…………」

信平はあっけにとられた。

「相手は天狗じゃ。そなたでは敵わぬ」

「麿は父上の子です。天狗など恐れませぬ」

「父は天狗に勝ったことはないぞ」

するると福千代が驚いた。

「天狗は、そんなに強いのですか」

信平がうなずくと、福千代は松姫に顔を向けた。仙太郎はまだ幼いので何のことか分からぬようで、福千代を真似て顔を向ける。

「母上、お祖父様は天狗が森に出ることをご存じなのですか」

「ええ、ご存じですよ。ですから福千代、日が暮れてから森に入ってはいけませぬ。いいですね」

「はい」

福千代は仙太郎に、向こうで遊ぼうと言い、佐吉たちのところへ行った。

松姫はくすくす笑い、信平も笑った。

「信平殿！」

表御殿のほうから五味の声がしたので眼差しを向けると、廊下にいる五味が手を上げた。

「信濃屋のことが落着しましたぞ」

信平は松姫に顔を向けた。

「ちと、五味と話がある」

「はい」

福千代のところに行く松姫と別れ、信平は表御殿に戻った。

客間では、五味と善衛門が話していた。

信平が上座に座ると、五味は善衛門との話を切り上げて、おかめ顔を突き出した。

「水谷元之介のことは聞いておられるか」

「いや、何も知らぬ」

「あの後、御目付方に身柄を引き渡していたのだが、先ほど御奉行が教えてくださったので来た」

「それはご苦労だった」

信平に続き、善衛門が口を開く。

「して、どうなったのだ」

「水谷は、たたいたら埃が出たらしく、人を斬って金を奪った悪事が発覚して、打ち首となった」

善衛門が膝を打った。

「鈴蔵から話を聞いて、悪い奴らじゃと思うていたが、身から出た錆《さび》じゃ。光山とその一党はどうなった」

「御奉行が島送りに処されました」

「おお、そうか。うむ。さすがは御奉行だ。よい裁きをなされた」

五味が顎を引き、信平に顔を向けて言う。

「信平殿には、改めて礼をしたいそうだ」

「気をつかわぬようにと、伝えてくれ」

「相変わらず欲がないなぁ。悪事を暴いたのだから、相応のものをちょうだいしても罰《ばち》は当たらぬと思うが」

「さようさよう」

賛同する善衛門をちらと見た信平は、話を変えた。

「して、信濃屋はどうなった」

「そこよ」

五味がしゃべろうとしたところへ、お初が茶菓を持ってきたので、五味は顔をねじ曲げて目で追い、お初が自分のところに湯飲み茶碗を置いてくれるのを待ち、

「お初殿も聞いてくだされ」

と言って横に座らせ、信平に顔を向けた。

「すみえの悪《あ》しき思惑を知った波右衛門は、身体の具合が悪くなるのではないかと心配する番頭たちを黙らせて床払いをし、離縁金を渡して、すみえを家から追い出したそうだ。その日のうちに文代と永太郎を本宅に入れて、今はすっかり元気になっている」

「さようか」

信平は、眼差しを庭に向けた。

五味も庭に顔を向け、松姫といる福千代を見ながら、目を細めて言う。

「波右衛門を元気にしたのは永太郎だと、番頭が言うていた。少しのあいだだったが、お初殿と永太郎と役宅で過ごしてみて思った。子供とは、いいものだな」

真顔を向けるお初に、おかめ顔を向けた。

「お初殿、子を作りませぬか」

「…………」

「よいではござらぬか。同じ屋根の下で過ごしてみて、ますます惚れ……」

「近づくな！」

ぱしん、という音がしたので信平が顔を向けると、右の頬を押さえた五味が、のぼせた顔をしていた。

鼻血をたらして笑っている五味の横で、お初は怒った様子で背を向け、顔を赤くしている。

信平は善衛門と顔を合わせた。

善衛門が、二人にしてやりますか、という目顔で廊下を示したので、信平は顎を引き、静かに部屋を出た。

第三話　佐吉を捜せ！

一

うぐいすの声に誘われ、江島佐吉は歩みを止めて眼差しを上に向けた。満開の山桜の蜜を求め、うぐいすが枝から枝へと飛び移り、また、美しい声で鳴いた。

よく見れば、他にも数羽《すうわ》集まっている。

信平の屋敷の桜にも、毎年うぐいすが来る。

幼い息子仙太郎が、福千代とうぐいすを探していたのを思い出し、今日は何をして遊んでいるかな、と思い、眼差しを道に戻して先を急いだ。

この日、佐吉は、信平の許しを得て東大久保村に来ていた。

信平と出会う前の浪人時代に、住まいをただ同然で貸してくれていた恩人・両山《りょうやま》四郎左衛門《ろうざえもん》が病に倒れたという報せが届き、見舞いに行っていたのだ。

「わしの愚息《ぐそく》めが、大げさなのじゃ。報せるなと言うたのに」

佐吉の顔を見て、四郎左衛門はそう言って恐縮した。

久々に会う四郎左衛門は白髪が増え、額に刻まれたしわも深くなった気がする。

高い熱を出して倒れたというので、肺炎でも起こしたのではないかと心配して来たが、幸い、重い病ではなかったので安心した。

佐吉は、額に濡れた布を当てながら、四郎左衛門に言う。

「早く元気になってくださいよ」

「もう長生きした。わしなど、いつ死んでもよい」

「まだまだ、百歳まで生きてくださいよ」

「では、あと七十年もあるな」

などと冗談を言って笑う四郎左衛門に、佐吉はその意気だと言って笑い、家の者に見舞いの高麗人参《こうらいにんじん》を渡して帰った。

赤坂とは反対の、東大久保村から西に向けて歩み、やがて、雑木林の中を貫く道に入った。

新緑がまだ芽吹いていないところは明るいのだが、背丈ほどもある笹《ささ》が両側に茂っている道は、先の見通しが悪い。この先には、四郎左衛門の竹藪《たけやぶ》があるのだが、佐吉は帰る時に、筍《たけのこ》をもらう許しを得ていた。

竹藪は、このあたりでも一、二を争う広さがあるのだが、四郎左衛門は筍を売り物にせず、竹細工の材料に欲しいという者がいれば、ただ同然で分けている。筍を人が取りに来ない代わりに、夜ともなると遠くから猪《いのしし》が食べに来て、居座っている時がある。

もしも出くわせば、自慢の大太刀で仕留めて猪鍋にしようか。

などと考えながら帰っていると、笹の奥から、男同士が言い争う声がした。

こんなところで何をもめているのだ。

初めは、良質な竹をめぐって言い合っているのかもしれぬ。その程度に思っていた。

だが、

「おのれ！」

はっきりと怒号が聞こえ、気合と、刀がぶつかる音がした。

これは侍同士の斬り合いだ。

そう思った刹那、

「父上！」

少女らしき声がした。

佐吉は考える前に足が動き、笹に分け入り、声がしたほうへ急いだ。すると、十歳くらいの少女を背中にかばっている侍が、二人の侍に刀を向けていた。

父親は腕から血を流し、肩で息をしている。

「何をしている！」

佐吉が叫ぶのと、二人の侍が同時に斬りかかる気合が重なった。

一人目の刀を受けた父親は、横手から迫った二人目に腹を斬られた。

呻き声をあげた父親が一人目を押し返し、斬った侍に刀を振り上げたが、押されたほうの侍が、無防備に向けられた父親の背中を袈裟懸けに斬った。

「やめぬか！」

倒れた父親にとどめを刺そうとした侍が、叫んで迫る佐吉に気付いて飛び下がった。

大太刀を振り上げた佐吉は、

「おお！」

と、大音声の威嚇をもって迫る。

笹のあいだから突如として現れた佐吉の身体の大きさと気迫に、二人の侍は息を飲み、怯んだ。

だがそれは一瞬のことで、顔に気迫が満ちる。

「何奴！」

「邪魔は許さぬ。斬れ！」

応じた侍が前に出た。

佐吉は大太刀を振るい、斬りかかってきた侍の刀をへし折り、丸太のような腕で喉を打ち払った。

「うお！」

怪力で飛ばされた仲間を見て目を丸くした侍が、

「おのれ！」

怒りの声をあげて斬りかかる。

だが佐吉は、一撃を大太刀で受け止め、押し返して一閃《いっせん》し、相手の腕を浅く斬った。

「くっ」

痛む腕を押さえて下がった侍が、仲間を立たせて油断なく後ずさると、佐吉に背中を向けて笹の中に逃げた。

　がさがさと音をさせ、笹を分けて遠ざかる。

　気配が消えたところで、佐吉は大太刀を鞘に納め、倒れた侍に駆け寄った。

「父上」

　と、何度も言っている少女の前で侍の肩をたたき、

「おい、しっかりしろ」

　声をかけると、ようやく薄目を開けた。

「む、娘は」

「ここにいるぞ」

「父上」

　声に応じて、父親は娘に目を向けた。見えないのか、目を動かし、手を上げて捜している。

　娘が手をにぎると、父親は安心した笑みを浮かべた。

　そして、血が流れる腹の傷を押さえている佐吉に顔を向けた。

「お助けくださり、かたじけのうございます」

「よい」

父親は苦痛に呻いた。

助からぬと思った佐吉は、父親に訊く。

「何か言いたいことがあるか」

「お、お願いが、ございます」

「よし、聞こう」

「娘を、千佳《ちか》を、讃岐《さぬき》三野《みの》藩上屋敷……、江戸家老……、仙石正孝《せんごくまさたか》に預けて――」

そこまで言い残し、父親はこと切れてしまった。

「父上！　父上！」

千佳が揺すっても、父親は二度と目を開けることはなかった。

佐吉は千佳の手をにぎり、首を横に振った。

「奴らが仲間を連れてくるやもしれぬ。ここから去ろう」

「いやです。父上をこんなところに置いていくのはいや」

「しかし……」

千佳は佐吉の手を振り払い、父親にしがみついて泣いた。

心根が優しい佐吉は、千佳のことがどうにも哀れで、目頭が熱くなった。

なんとかしてやらねば。

そう思い、声をかけた。

「よし分かった。父上を近くの寺に連れて行こう。いいな」

すると千佳が、こくりとうなずいた。

佐吉は父親のそばに片膝をつき、亡骸《なきがら》の上半身を起こして右肩に担いで立ち上がった。

「まいるぞ」

そう言って千佳の手をにぎった時、空気を裂いて飛んできた矢が、佐吉の左肩に突き刺さった。

「うっ」

激痛に呻いた佐吉は、振り向くことなく、千佳を連れて走った。

千佳を狙った矢が外れて、木に突き刺さる。

佐吉はやむなく父親の骸《むくろ》をあきらめ、千佳を右腕に抱えて雑木林に逃げ込んだ。

「追え！　逃がすな！」

林に怒号が響き、逃げながら振り向いた佐吉の目に、複数の追っ手が見えた。

足にまとわり付く蔓《かずら》を引きちぎりながら雑木林の奥に走り、その先にあった急斜面にさしかかったところで立ち止まり、振り向く。木々のあいだから、追っ手が現れた。

「いたぞ！」

大声をあげて向かってきたので、佐吉は千佳に言う。

「しっかりつかまっていろ」

うなずいてしがみつく千佳を抱き、急斜面を下りた。

ほぼ尻で滑り落ちるように下まで行った佐吉は、薄暗い竹藪に入った。振り向くことなく走り、竹藪を抜けたところで、畑の先に一軒家を見つけた。

人がいれば追っ手はあきらめるかもしれぬ。

手負いの佐吉は、人がいることを祈りつつ向かった。

表の戸口に行き、

「ごめん！」

声をかけて板戸を開け、土間に入った。

だが、中はうすら寒く、板の間は埃で白く汚れ、人が暮らしている気配はない。

どん、という音がしたので振り向くと、板戸から矢の先が突き出ていた。

佐吉は戸を閉めて板の間に上がり、奥の押し入れを開けた。中には布団が残っていたので、それを引き出し、千佳を入れた。

布団を被《かぶ》せ、

「声を出すな」

そう言うと大太刀を抜いて左手に下げて土間に下り、右手に薪をにぎった。

家の中は、雨戸が閉められているので薄暗い。

表の板戸の隙間から入る光が、土間に筋となっていた。

外で話す声がして、板戸の光が遮られた。その戸が勢いよく開けられ、射られた矢が飛び込んで土壁に突き刺さった。その刹那、刀を持った侍が押し入り、佐吉に斬りかかった。

「てや！」

「おう！」

逆手ににぎった大太刀で受け止めた佐吉が、薪を振るい、侍の額を打つ。

うっ、と呻いた侍がのけ反って背中を向けたので、佐吉は腰を蹴って戸外へ飛ばした。

次は二人同時になだれ込み、佐吉に襲いかかった。

左手の大太刀で受け、右手の薪でも受け止め、

「おりゃあ！」

怪力で二人を押し返し、大太刀を振るって一人の腕を斬り、もう一人は足を斬った。

だが、外から放たれた矢が右の頬をかすめた。

「うお」

驚いて怯んだ隙を突かれ、侍に太ももを斬られてしまった。

激痛に顔をゆがめた佐吉は、斬った相手に向けた両目を見開いた。

「おお！」

大音声をあげて大太刀を振り上げる佐吉の鬼の形相に、二人の侍は息を飲んで下がり、外へ逃げた。

追って出た佐吉は、弓に矢を番《つが》えて引こうとしていた侍めがけ、右手の薪を投げた。

風を切り、うなりをあげて回転する薪が、侍の顔に命中した。

立ったまま気を失った侍は背中から倒れ、手から離れた矢が空に向かって飛んだ。

「奴は鬼だ！」

足を斬った侍が恐れのこもった声をあげた。

「引け、引け！」

佐吉に斬られた腕を押さえた侍の命で襲撃者は下がり、鼻から血を流して気を失っている弓役を連れて逃げた。

歯を食いしばった佐吉は、血が流れる足を引きずって家に入り、戸を閉めて心張り棒をかました。

この足では、逃げられぬ。

傷口を押さえ、痛みに耐えながら板の間に這い上がると、囲炉裏の前で横たわった。

板戸を開けて出てきた千佳が駆け寄り、足の傷を見るや、口を両手に当てて驚いた。

佐吉が微笑む。

「ほんのかすり傷だ。心配するな」

千佳は黙って自分の小袖の袂《たもと》に手を突っ込み、白い肌着の袖を引きちぎった。端を歯で嚙《か》み、引き裂いて細くすると、佐吉の太ももに巻いてきつく縛った。

「肩の矢は抜きません。どうか辛抱してください」

そう言うと、両手で矢を持ち、力を込めた。

佐吉は痛みを我慢したが、少女の力で矢を折ることはできない。

千佳は力つき、悔しそうな顔をする。

「ごめんなさい」

「このままでよい」

佐吉は微笑んだ。

「傷の手当ての手並みは見事だ。おかげで足の血が止まった。誰に教わったのだ」

「父上に習いました」

千佳は父親を思い出したのだろう。途端に涙を流し、声を詰まらせた。

佐吉は胸を貸してやろうと思い、半身を起こしたのだが、太ももから血が流れた。

千佳がはっとした。

「動かれてはいけません」

「なんの、これしき」

佐吉は座り、一つ息を吐いた。少女を心配させまいと、笑みを浮かべた。

「袴に溜《た》まっていた血が流れただけだ」

千佳は首を横に振り、余っていた布を傷口に当てて押さえ、あたりを見回した。

「何を探している」

「紐《ひも》がないかと」

「それなら、ここにある」

佐吉は大太刀の鞘を外して下《さ》げ緒《お》を解き、千佳が押さえてくれている布を縛った。

それでも、白い布はすぐに赤く染まってしまう。

すでに多くの血が流れ、床には血だまりができていた。

千佳は土間から薪と藁《わら》を取ってくると囲炉裏に入れ、台所から火打ち石を探し出して持ってきた。

石を打っても、藁が湿っているのか火がつかない。

石を床に置いてふたたび台所に行く千佳。

佐吉は目で追っていたのだが、出血のせいで目が霞《かす》み、意識がもうろうとしてきた。

「こんなところで、死んでたまるか」

頭を振った佐吉の視界に、戻ってくる千佳が入った。

木くずを囲炉裏に置き、石を打つ。今度はうまくいき、火がついた。

薪に火がついたところで千佳は佐吉のそばに来て、小さな身体で支えて、起きる手伝いをしてくれた。

火の暖かさが、血の気の失《う》せた佐吉の身体を温めてくれる。

千佳はかいがいしく、そして慣れた様子で湯を沸かし、佐吉に飲ませてくれた。白湯《さゆ》だが、

「旨い」

喉が渇いていたことを思い出した佐吉は、茶碗に二杯飲み、落ち着いたところで千佳に顔を向けて礼を言った。

「おかげで生き返った。ありがとうよ」

千佳は両手を床についた。

「お助けいただき、ありがとうございます」

「かしこまらず、話を聞かせてくれ。お前さんはしっかりしているが、歳はいくつだ」

「十二でございます」

「そうか、十二か……」

目の前で父親を斬られた少女の気持ちを思うと、胸が痛い。

「どうして襲われたのだ」

千佳は、辛そうな顔を横に振った。

「分かりません」

「旅をしていたようだが、讃岐から来たのか」

「はい。父上に、江戸の伯父上のところに行こうと言われて……」

「仙石正孝殿のことか」

「はい」

「父の名は」

「仙石次郎《じろう》といいます」

「次郎殿が言い残されたことは引き受けた。お前さんを必ず伯父上のところに連れて行くから、安心しろよ」

千佳はかぶりを振った。

「人を呼んでまいります」

立ち上がったので、手をつかんで止めた。

「待て、行ってはならん」

「でも、このままではおじさんが……」

「わしは大丈夫だ。殺されても死なぬ」

「…………」

涙を浮かべる千佳に、佐吉は笑顔で言う。

「お前さんは優しい子だな」

「囲め！」

外からふいに声がした。

佐吉は千佳に、押し入れに入るよう言い、板戸を閉め、戸の前に布団を引き寄せて廊下に出た。

雨戸を少し開けて外を見ると、十数人の侍が集まり、指図を受けた数人が裏手に回った。

佐吉は痛む足を引きずって裏に行き、勝手口の戸が開かぬように閂をかけ、節穴から外を見た。

裏手に回った侍は、攻めてくる気配がない。

表に戻ってみると、そこにいる侍たちも、動く様子ではなかった。

「何をたくらんでいる」

佐吉は下がり、千佳がいる押し入れの前に行くと、

「ここにいるから心配するな。必ず守ってやるからな」

そう言うと、大太刀を下げて立ち、襲撃に備えた。

二

家の表に睨みをきかせていた侍が、小道から現れた上役に気付き、駆け寄った。

「押崎《おしざき》様、あの家です」

配下に言われて顎を引いた押崎は、怪我を負った腕を吊《つ》っている別の配下に鋭い眼差しを向けて歩み、家が見えるところに立った。

ひっそりとしている家の様子を確かめた押崎が、布で腕を吊っている配下に顔を向けて言う。

「足に傷を負って戻った者の話では、邪魔をした大男に深手を負わせたらしいが、まことか」

「はい」

「して、どうなのだ。生きておると思うか」

「分かりません」

「ならば、お前と、お前、見てまいれ」

押崎は、怪我をしている配下と、その上役を指差した。

命令に応じた上役の侍は、怪我を負っている配下の刀を抜いてにぎらせ、自分も抜刀して、家に歩みを進めた。

表の板戸の前で上役が刀を構え、怪我を負っている配下に戸を開けろと命じる。

配下の者が戸の前に立って開けようとしたが、佐吉が心張り棒をかましているので開かない。

上役の侍が前に出て、戸を蹴り開けた。そして、刀を八双に構えて押し入った。

だが、程なく出てきた上役は、よろよろと歩みを進めたかと思うと、膝をつき、横倒しになった。

傷を負っていた配下が片手で刀を振り上げ、大声をあげて押し入ろうとしたが、中から飛んできた薪に額を打たれ、戸口で仰向けに倒れた。

戸口から姿を現した佐吉の様相に、初めて見た侍たちがどよめく。

「なんだ、あの大太刀は」

肩に矢が刺さったままの佐吉は、戸口で倒れている侍の足をつかんで家から離して中に入り、板戸をはめなおして閉めた。

押崎が、そばにいる配下に言う。

「鬼のようだと聞いていたが、まさにのう」

「いかがいたしますか」

「あの傷では、長くはもつまい。放っておいても二日と生きられまいから、そのあとで娘を捕らえて調べる」

「承知しました」

「香川《かがわ》様に報告しにまいる。家に誰も近づけるな」

「はは」

押崎が配下を残して向かったのは、内藤宿だ。

品川宿とは違い、まだ田舎だった内藤宿には、小さな旅籠《はたご》が数軒あるのみで遊ぶ場もなく、旅人は素通りする者が多い。

そんな宿場の端にある小さな宿に、押崎は入った。

宿の下女が盥《たらい》を持ってきて足を洗うと言ったが断り、草鞋《わらじ》を脱いで段梯子《だんばしご》を駆け上がった。

梯子の上で見張りをしていた藩士が、押崎に頭を下げ、廊下に片膝をついて障子越しに声をかけた。

「戻られました」

「うむ」

中からした不機嫌な声に応じて、藩士が障子を開け、押崎を促す。

部屋の前で頭を下げた押崎は、不機嫌な顔で睨む香川に歩み寄り、耳打ちした。

状況を知り、こめかみに青筋を浮かせた香川が、左手に持っていた扇をにぎり、片手で折った。

「何者か知らぬが、邪魔立てする者は許さぬ。わしが行って斬り捨ててくれる」

藩きっての遣い手で、追っ手の頭を務める香川は、邪魔をされたことにひどく苛立っている。

国を出た仙石次郎は、追っ手を避けて東海道を通らず、中山道《なかせんどう》から甲州街道を使うと予測して追い詰めていた。

林で追い詰めて斬り捨てた配下の報せを受けた香川は、逃げた千佳は放っておけと言って押崎を遣わしたのだが、次郎は目当てのものを所持していなかった。

そこで押崎は、千佳を捕らえて持ち物を調べるために、家を囲んでいる配下のところへ行っていたのだ。

香川が、押崎に鋭い眼差しを向ける。

「例のものは、娘が持っているに違いない。日が暮れるのを待って押し込み、邪魔をした者もろとも斬る」

「お待ちください」

　止める押崎に、香川が不満をぶつける。

「貴様、わしが斬られると思うておるのか」

「香川様の剣に勝る者は、藩にはおりませぬ。ですが、相手は鬼のごとく身体が大きく、薙刀《なぎなた》のような大剣を木刀のように振るう怪力です。まともにぶつかれば、いかに香川様とて無傷ではすみませぬ」

　香川の頬がぴくりと動いた。

「貴様、わしを見くびるか」

「侮らぬほうがよいと、申し上げているのです」

「ならば総がかりで仕留めればよいではないか」

「今は怪我人のみですが、大男ががむしゃらに大剣を振るえば、こちらに必ず死人が出ます。そうなれば国家老派の者の数が減り、先で不利になります。一人でも味方が欲しい時でございますので、ここは家を囲み、死ぬのを待つのがよろしいかと」

「ふん、軍師にでもなったつもりか」

「いえ……」

「まことに、放っておいても死ぬのだろうな」

「深手を負っていますので、手当てなしでは生きられませぬ」

「よし分かった」

香川は座ってしばし考えをめぐらした後に、押崎に向かって身を乗り出した。

「仙石次郎の首を持ってまいれ」

「何をなさるおつもりですか」

「上屋敷に行く。江戸家老めに、思い知らせてやるのだ」

押崎は真顔で顎を引いた。

「承知しました」

立ち上がって部屋から出ると、仙石次郎が倒れている林へ急いだ。


麻布にある三野藩の上屋敷に香川が現れたのは、その日の夕刻だった。

国許《くにもと》で病に臥《ふ》している藩主に代わり、上屋敷を守っている江戸家老・仙石正孝は、頼りにしている弟次郎の死を、まだ知る由もない。

側近の島田から、国家老・山出《やまで》帯刀《たてわき》の配下である香川が来たことを知らされ、不思議そうな顔をした。

「わざわざ江戸に、何をしにまいったのだ」

「出奔した不埒者《ふらちもの》に対して成敗の上意がくだされ、本日江戸近郊にてお役目を果たしたので、首見分を願いたいとのことです」

「そうか。して、その不埒者とは誰だ」

「それが、御家老にお会いするまでは言えぬと申されます」

「……………」

正孝の脳裏に、一抹の不安が浮かんだ。

若き藩士の島田が、不安そうな顔で言う。

「まさか、御家老が命じられていることに関わりが……」

言い終えぬうちに正孝は立ち上がった。

「どこにおるのだ」

「裏手の、御白州《おしらす》の間です」

部屋を出た正孝は、藩内の不祥事の裁きをする部屋に急いだ。

部屋に入ると、玉砂利を敷いた土間に首桶を置き、上がり框に腰かけていた香川が立ち上がって振り向き、神妙な顔で頭を下げた。

正孝は、あいさつも交わさず訊く。

「出奔したのは誰だ」

すると香川は顔を上げた。悪知恵が働きそうな顔に、さげすむ笑みが浮かんだ。

「不埒者は、御家老の弟、仙石次郎でございます」

やはりそうであった。

正孝は唇を引き結び、悔しさと悲しみに身を震わせた。

島田が土間に駆け下り、首桶を開けた。

見まごうはずもない弟の、無念そうな死に顔を見て、正孝は瞼をきつく閉じた。

「上意と申したそうだが、殿はまことに、命じられたのか」

「はい」

「殿の口から、直に命じられたのか！」

「馬鹿な。それがしのような下僕が、殿に拝謁できるはずはござるまい」

「ならば、殿が病に臥されているのをいいことに、山出帯刀が勝手に出した命令であろう！」

「お言葉に気をつけられよ」

香川は懐から書状を出し、下、と記された表を正孝に向けた。

藩主の書状に、正孝は眼差しを下げて受け取る。そして開き、目を通すと、肩を落とした。

いかなる理由があろうと、出奔は死罪だ。

成敗を命じるこの書状は、山出が祐筆《ゆうひつ》に書かせたものに違いないが、藩主の書である証の花押がある限り、抗えぬ。

言葉を失い、うなだれる正孝に、香川は勝ち誇った笑みを浮かべた。

「仙石次郎は、貴殿の実の弟。いずれ国許から、厳しい御沙汰があるものと覚悟されよ」

「…………」

顔をそむける正孝に、香川が鋭い眼差しで言う。

「慈悲深い山出帯刀様が、御家を守りたくば、沙汰がくだる前に腹を召されてはいかがか、と、申されておりました」

見開いた目を向けた正孝に、香川が真顔で応じる。

「確かにお伝えしましたぞ」

そう言うときびすを返し、部屋から出ようとした。

「待て」

正孝が呼び止める。

「弟は娘を連れていたはずだ。まさか、娘まで殺したのか」

「それも、武家に生まれた者の運命でござろう」

「子供の骸はどこにある」

「父の胴体と共に葬ってござる」

香川は振り向きもせずに嘘を言い、部屋から出た。

正孝は土間に下りて、次郎の首の前で両手をつき、涙を流した。

「許せ、次郎。許してくれ。わしもすぐにまいる」

意を決した顔で脇差に手をかけた時、島田が飛び付いて止めた。

「御家老、早まってはなりませぬ」

「離せ。もはや、山出帯刀の悪事を暴く術はなくなったのだ。わしの負けじゃ」

「負けてなどおりませぬ。次郎様はわたしに、必ず帯刀の不正の証をつかみ、江戸に来るとおっしゃっていました。出奔されたのは、証を手にされたからに相違ございませぬ」

「弟は殺されたのだ。証は香川の手に渡っておる。離せ」

「離しませぬ。国許から沙汰が届くまで、あきらめてはなりませぬ」

「わしに何をしろというのだ」

「殿の急な病も怪しゅうございます」

正孝は、はっとした。

「帯刀が何かしたと申すのか」

「それを調べるために、わたしを国許へお遣わしください」

「ならぬ。お前が行けば、必ず殺される。国許には、帯刀に逆らう者は一人もおらぬのだ」

「ならば、御本家を頼ってはいかがでしょうか。帯刀は、商人と結託して私腹を肥やし、藩政を思うままにしようとたくらんでおりますので、悪い噂は御本家にも届いているはず。御家老がお頼みになれば、動いてくださるかもしれませぬ」

「忘れたのか、帯刀の父は本家の重臣だ。根回しをしておる」

島田は悔しそうな顔をした。

「せめて殿のご容体だけでも、分かるのでは」

「無理だ。もはや望みはない。死ぬなと申すなら、今は従おう。だが、切腹の沙汰あらば、ここから逃げ出して、帯刀と刺し違えてくれる」

「その時は、わたしもお供をいたします」

そこへ、数名の藩士が入ってきた。

「御家老、殿から御沙汰があるまで、御身柄を預からせていただきます」

同輩の行動に驚いた島田が、立ちはだかった。

「お前たち、いつから国家老派になったのだ」

「勘違いするな。わたしたちは、御家老の身を案じてすることだ」

「そうだ。ご自害されては困るからな」

皆、正孝が腹を斬ると思っている。

「信じていいのだな」

島田の声に、皆はまっすぐな目でうなずいた。

島田も顎を引き、正孝に顔を向けた。

「殿を信じて、沙汰を待ちましょう。それまでは、お刀をお預かりします」

「まだ、望みがありそうだな」

皆の熱き思いに触れて、正孝は脇差を差し出した。

三

「日が暮れてしまったな」

廊下で庭を見つめている信平は、佐吉の帰りが遅いことを案じている。

背後に立つ葉山善衛門が部屋の中を振り向き、並べられた膳を見て言う。

「今宵《こよい》の宴《うたげ》を楽しみにしておりましたので、忘れるはずはござらぬ。何か、よからぬことに巻き込まれたのでしょうか。心配ですな。田畑があるところは、春先になると猪が出ると言うておりましたから、出くわして怪我でもしておらねばよいのですが」

するると、早くも膳の前に座って待っている五味正三が顔を向けた。

「佐吉殿ならば大丈夫ですよ。熊と出くわしても熊のほうが逃げましょうし、猪と出くわして突進してくれば、今宵の宴は猪鍋じゃなどと、お初殿に言うていたそうですからな。ねえ、お初殿」

国代と膳を持ってきたお初が、なんのことかという顔を向けたので、五味が教えた。

「猪が出るという話ですよ。佐吉殿が獣に襲われているのではないかと、御隠居が心配しておられましてな。出くわせば猪鍋にすると言うておったのでしょう」

「ええ」

お初が顎を引く。

善衛門が眉間にしわを寄せた。

「わしは、佐吉の言うことを話半分で聞いておった。国代、東大久保村は、まことに猪が出るのか」

するとと国代が、膳を置いて言った。

「時々出ると聞いたことがございます。ですが主人は、四郎左衛門殿にだいじなければ、中野村まで足を延ばして筍を取りに行くと申していましたので、遅いのはそのせいかもしれません」

「そこには獣が出るのか」

善衛門の問いに、国代はうなずいた。

「筍を狙う猪が出ます」

「まあ佐吉ならば、猪などにやられることはなかろうが、筍探しに夢中になっておれば、気付くのが遅れるということもある。怪我などしておらねばよいが」

「確かに主人は、今夜の宴を楽しみにしていましたので、このように遅れることはないかと」

心配する国代に、信平が言う。

「恩人の病が思いのほか重く、そばに付いておるのかもしれぬ」

善衛門が信平に顔を向けた。

「どうも気になりますな。鈴蔵を両山家に行かせますか」

「すでに行かせた。そろそろ戻るはずだ」

涼しい顔の信平だが、家来を思う気持ちは熱い。

善衛門は笑みを浮かべた。

「では、鈴蔵の帰りを待ちましょう」

「ふむ」

信平は、気配に気付いて庭に顔を向けた。

暗がりから現れ、信平の前に片膝をつくのは鈴蔵だ。

「ただ今戻りました」

「ご苦労。いかがであった」

「佐吉殿は四郎左衛門殿を見舞い、筍を掘りに行くと言われて昼過ぎには発《た》たれていました」

善衛門が首を傾《かし》げた。

「それならば、とうに帰っていてもいいはずだな。殿、やはり何かあったのでござろうか」

信平は鈴蔵に訊く。

「道中、変わった様子はなかったか」

「はい。静かなものです」

善衛門が腕組みをした。

「やはり、猪に出会って怪我でもしているのでしょうか」

「それは分からぬ」

信平が心配すると、お初と共に残っていた国代が、不安そうな顔で言う。

「竹藪は広うございますので、主人は前に、迷って北の見知らぬ村に出て、朝方戻ったことがあります」

五味が驚いた。

「そんなに広いのか」

「はい。帰る方角が分からなくなって、さまよっていたのです」

「竹はみな同じ形ゆえ、目印がなければそうなるかもしれぬな」

五味の言葉を受け、信平は立ち上がった。

善衛門が見上げる。

「殿、いかがされた」

「佐吉を捜しにまいる。国代殿、場所を絵図で教えてくれ」

「わたしがご案内をいたします」

「よい。夜は物騒ゆえ、ここで佐吉の帰りを待て」

信平に続いて善衛門と五味が立ち上がり、頼母が筆と紙を支度した。

お初の助けを借りて作られた地図を持ち、信平は屋敷を出た。

舅《しゆうと》・徳川頼宣《とくがわよりのぶ》が隠居生活をおくる紀州藩邸を左手に西へ向かい、四谷を抜け、内藤宿を抜けて行く。

地図の竹藪は、甲州街道を進んだ先にある一本杉を左に曲がり、四角い田んぼをいくつか越えた先にあった。

細い溝を隔てた先に、竹藪の影が黒々と横たわっている。

善衛門が言う。

「殿、手分けをしましょうぞ」

「ふむ。麿は右に行く」

「では、それがしは左へまいります」

頼母が善衛門に付き、五味と鈴蔵は正面の藪へ入った。

信平はお初と共に右へ向かい、佐吉を捜す。

確かに広い竹藪だが、うっそうと茂る森などとは繫《つな》がっておらず、およそ四半刻《しはんとき》

（三十分）も経《た》たないうちに、左から回った善衛門と再会した。

竹藪の中から、佐吉の名を呼ぶ五味と鈴蔵の声がする。

足を夜露に濡らした善衛門が、竹藪に顔を向けた。

「佐吉、おるなら返事をいたせ」

大音声で呼んだが、返事はない。

「どこにおるのだ」

「中をくまなく捜しますか」

そう言った頼母に、信平は顎を引く。

「そういたそう」

信平は溝を飛び越え、竹藪に入った。

善衛門がふたたび大声で呼んだが、やはり返事はない。

「ご老体、手を貸しましょう」

頼母が溝をまたいで手を差し伸べたので、善衛門は口をむにむにとやる。

「これぐらい渡れる。早う殿のそばに行け」

頼母は真顔でうなずき、竹藪に入った。

お初が善衛門に言う。

「わたしは、周辺を捜します」

「おお、頼む」

お初と別れた善衛門は、溝を飛び渡ろうとしたが足が届かず、土に滑って落ちそうになったのだが、折れて倒れていた竹にしがみつき、危ないところを助かった。

「言わぬことではない」

頼母が戻って引き上げてくれたので、善衛門はばつが悪そうな顔で礼を言い、竹藪の獣道に入った。

四

佐吉は暗闇の中で、千佳を励ましながら痛みに耐えていた。

「寒いか」

「少し」

布団を千佳にかけてやり、抱き寄せた。

「火をつければ外の者どもに見られる。ここは辛抱だぞ」

「はい。でも……」

「わしのことは気にするな」

佐吉は震えていた。血が多く流れたせいで寒いのだ。時おり眠気に襲われるが、そのたびに太ももの傷を押さえ、痛みで意識を引き戻していた。

「朝になれば、きっとわしの殿が助けに来てくださる」

「殿様？」

「そうじゃ。わしなどよりもっと強くて、お優しい殿だ。これまで危ない目に遭ったことがあるが、いつも助けてくださった。きっと来てくださるから、恐れることはないぞ」

「はい」

「腹が減ったか」

佐吉が言った途端に、千佳の腹の虫が鳴った。

腹を押さえた千佳が、ぼそりと言う。

「悲しい時も、お腹《なか》は減るのですね」

目の前で父親を殺された少女の悲しみは深い。

顔は見えないが、佐吉の腕をつかんだ千佳の手は、小刻みに震えていた。

「我慢せずに泣け。そのほうが、少しは楽になる」

すると千佳は、堰《せき》を切ったように泣きだした。

声を殺して、父上、父上と、何度も呼び、嗚咽《おえつ》する。

佐吉は背中をさすってやりながら、きつく目を閉じた。

雨戸を一枚隔てた外では、侍たちが闇に潜んでいる。

雲が流れ、空に月が出た。

浮かび上がる家に、二つの黒い影が近づいていたが、月明かりをきらい、物陰に隠れた。

ふたたび月が隠れ、闇に包まれる。その暗闇の中で、歩みを進めるかすかな音がした。

次に月明かりが出た時には、その影は表の雨戸に取りつき、節穴からのぞいていた。

佐吉は気配に気付き、暗い廊下に顔を向けた。

「静かに」

千佳を黙らせ、大太刀をつかんだ時、外から声がした。

「大人しく出てこい。従えば、おぬしと子供の命は保証する。我らは、その子の持ち物に用があるだけだ」

「信用できぬな」

「嘘ではない。我らは丸腰だ。開けてくれ」

佐吉は千佳に訊いた。

「父上から、何か持たされているのか」

「持っているのは、この袋だけです」

千佳は佐吉の腹に荷物を押し付けた。手触りがいい布の、小さな袋だ。

「中に何が入っている」

「母上の形見の櫛と、お手玉が入っています」

「見てもよいか」

「はい」

袋を開けて、中を探った。手に当たるのは櫛とお手玉のみで、他には何もない。

「あとは……」

千佳が言いかけて、ためらった。

佐吉が察して言う。

「あるのだな」

「父上が、何があっても伯父上にしか教えてはならぬとおっしゃった物がございます」

「奴らの狙いはそれだ。いいから黙っていろ」

「でも……」

「渡せば、父上の死が無駄になる」

佐吉は雨戸に顔を向けた。

「母の形見の櫛とお手玉のみだ。櫛を欲しがっているのか」

しばらく沈黙があり、

「まことに、それだけか」

疑う声がする。

佐吉は千佳に言う。

「これを見せてもよいか。何もないと思わせれば、去るやもしれぬ」

「はい」

「大切なものを借りるぞ」

佐吉は言い、外の侍に告げた。

「櫛はこの子の母親の形見だ。袋を調べたら、返すと約束できるか」

「分かった。約束いたす」

「よしと言えば、一人のみ入れ」

「分かった」

声に応じて、佐吉は千佳を連れて土間に行き、大太刀を抜いて心張り棒を外した。

「よし、入れ」

千佳を抱き、大太刀を右手ににぎって下がる。

ゆっくり戸が開けられ、ちょうちんを持った侍が顔を見せた。きりりとした目つきの三十男は、腰に刀を帯びていない。

佐吉が言う。

「袋は足下だ。この子は、それしか持っておらぬ」

土間に眼差しを下げた侍は、ちょうちんを置き、袋を調べた。鋭い眼差しを千佳に向ける。

「まことに、これだけか」

千佳は佐吉の後ろに隠れた。

佐吉が言う。

「襲った者に訊いてみろ。この子が持っていたのはそれだけだ」

お手玉をにぎって中の感触を確かめた侍は、立ち上がり、袋を投げ返した。

血に染まっている佐吉の姿に、ほくそ笑む。

「その身体では、立っているのがやっとであろう。今、楽にしてやる」

言った刹那、戸口に隠れていた仲間が持つ刀を抜き、猛然と迫った。

「おのれ！」

佐吉は千佳を後ろに離し、鋭い突きの攻撃を大太刀で弾き上げた。

刀を引いた敵が、足を狙って振るう。

佐吉は刀を受け止めたのだが、敵が肩の矢をつかみ、引き抜いた。

血が吹き飛ぶのも構わず、佐吉が大太刀を突き出した。

「うっ」

腹を突かれた敵が目を見張り、口から血を吐いて下がった。

入れ替わりに、別の敵が斬りかかる。

袈裟懸けに打ち下ろされた一撃を大太刀で受け止めたが、右手のみでは押し返せない。

敵が渾身《こんしん》の力を込めて押し斬ろうとしたので、佐吉はたまらず、片膝をつく。

「死ね！」

敵が肩を押し斬ろうとしたが、

「やめて！」

千佳が叫び、懐剣を抜いたのを見た敵が、気を取られて力を緩めた。

「うおお！」

佐吉は気合を入れて押し返した。

慌てた敵が飛び離れようとした足を大太刀で斬る。

「ぐああ」

悲鳴をあげた敵は、足を引きずって戸口へ逃げ、外へ出たところで倒れた。

腹を突かれた敵も這い出たので、佐吉は戸を閉め、心張り棒をかませた。

呻いてその場に片膝をつき、肩を押さえた。指のあいだから血が流れるのが分かったが、土間で燃えていたちょうちんの火が尽きたので見えなくなった。

佐吉は千佳を板の間に上がらせ、自分も這い上がった。

寒さをしのいでいた布団の上に横たわると、長い息を吐いた。

今襲われれば、千佳を守る自信がない。

千佳はもう片方の肌着の袖をちぎり、佐吉の手をどかせ、肩に当てて押さえた。

痛みに襲われた佐吉は呻いた。

「千佳、よく聞け。ここにいては危ない。裏の竹藪まで走って逃げろ」

千佳は離れようとしなかった。懸命に血を止めようとして、肩を押さえている。

佐吉は意識が遠のき、千佳の息遣いも、手の温《ぬく》もりも分からなくなった。


「勝手なことをしおって！」

宿場から戻った押崎が苛立ち、逃げ帰った配下の顔を扇で打とうとしたが、思いとどまった。

「香川様のところへ連れて行き、手当てをしてやれ」

「一人は、もはや息をしておりませぬ」

腹を突かれた侍は、こと切れていた。

足を斬られた侍は、己の犯した過ちにうなだれている。

押崎は舌打ちをした。

「江戸家老との決着がついておらぬ今は、一人でも失うてはならぬ。それゆえ大男が死ぬのを待っておったのだ。たわけ者めが」

「申しわけございませぬ」

「傷の一つでも負わせたのであろうな」

「肩の矢を抜きましたところ、血が大量に出ましたので、さらに弱っているかと。今なら、皆でかかれば仕留められます」

「まことであろうな」

「はい」

「よし、ではお前が香川様に報せに行け」

「は……」

怯《おび》える配下に、押崎は容赦ない。

「ここにいても役に立たぬ。這ってでも行け」

「はは」

侍は刀を杖《つえ》にして宿場に行こうとしたが、見かねた同輩が手を差し伸べた。

家に眼差しを戻した押崎は、夜が明けるのを待った。朝になれば、中の様子が見えるからだ。

「寒い。誰か酒を持て」

配下が差し出した酒は、竹を切ってこしらえた筒に入っている。

押崎は一口飲み、腹に染み渡る酒に顔をしかめた。

宿に現れた配下の報告を受けた香川は、怪我を負い、頭を下げている配下に哀れみの眼差しを向けた。

「押崎も、厳しいことをするのう。痛かったであろう。下がってよい。向かいの部屋に誰ぞがおるゆえ、手当てをしてもらえ」

「はは」

怪我人が下がると、香川は、側近に真顔を向ける。

「こしゃくな大男じゃ。死ぬのを待つまでもない。わしがとどめを刺してくれる」

「殺された者は、香川様に次ぐ遣い手でございました。出血が多いなら、夜明けにはもっと弱りましょうから、一気に攻め込みましょう」

側近の言葉に香川はうなずき、身支度をはじめた。

五

「うおお！」

悲鳴が竹藪からしたので、信平と頼母はその方角へ走った。

途中でお初が合流し、信平と共に走る。

まるで風が吹き抜けるように、竹のあいだを進む信平とお初に、頼母は次第に離された。

「頼母、右じゃ」

教えた信平は、松明《たいまつ》の明かりを見つけて駆け寄る。

松明を持った鈴蔵と五味が、竹藪の中から現れた信平とお初に驚き、五味がふたたび声をあげた。

すぐに信平だと気付き、安心した。

「なんだ、信平殿とお初殿か」

「いかがしたのだ」

訊く信平に、五味は申しわけなさそうな顔をした。

「驚かせてすまぬ。でかい猪が突進してきたのだ。危うく突き飛ばされるところだった」

「猪か。ここに佐吉が見つかったのかと思うた」

信平が言うと、五味はため息を吐いた。

「これだけ捜しても見つからぬなら、この竹藪ではないのではないか」

「ふむ」

遅れて、善衛門と頼母が来た。

善衛門が息を切らせながら訊く。

「殿、何ごとでござる」

「猪だ」

「なんじゃ、猪でござったか」

善衛門は安心して、大きな息を吐いた。

「悲鳴がしましたので、変わり果てた佐吉が見つかったのかと思いましたぞ。まったく、猪に出くわしたくらいで悲鳴をあげるな」

「申しわけない」

恐縮する五味に、信平が言う。

「佐吉が向かった竹藪は、どうもここではないようだ。四郎左衛門殿に訊いたほうがよいかもしれぬ」

「ではひとっ走り行ってきます」

鈴蔵が言い、竹藪を走り去った。

善衛門が背中に叫ぶ。

「初めに別れた竹藪の前で待っておるからな」

「承知！」

足音が遠ざかると、信平たちは竹藪から出た。

喉が渇いたと五味が言い、近くの家で水を調達してくると言ったが、竹藪の周辺を捜して歩いていたお初が、近くに家はないと教えた。

鈴蔵が戻ったら、移動する先で調達することにして、その場に座って休んだ。

善衛門がため息を吐く。

「いったい、どこに行ったのであろうな。無事でおるのだろうか」

「佐吉殿のことですから、心配はないでしょうが……」

頼母の声は、不安が混じっている。

待つこと半刻（約一時間）、戻った鈴蔵が信平に告げた。

「竹藪は、ここよりさらに西へ向かったところにもあるそうです。今年の筍はそちらに多く出ていると、佐吉殿にすすめたそうです」

「道は分かるか」

訊いた五味に、鈴蔵が顎を引く。

「この下の道をまっすぐ行き、最初の竹藪だそうです」

信平は聞くなり、走りだした。

四半刻ほど進んだ先にも、その竹藪はなかった。

善衛門が息を切らせたので、信平は頼母を残し、他の皆と先を急いだ。やがて東の空が明るくなり、先の景色がぼんやりと見えてきた。

「あそこではないか」

五味が指差す先に、こんもりと黒い影が見える。

「かなり広いな。雑木林か」

すると鈴蔵が言った。

「雑木林を抜けた先にあるそうです。急ぎましょう」

信平は無言で応じ、夜明けの道を走った。


手の温もりを感じて、佐吉は目を開けた。

小さな手が頬に当てられていることが分かり、はっとする。

「奴らは……」

起きようとして肩の痛みに襲われ、顔をしかめた。

手を当てると、布が巻かれていた。

「すまぬ。気を失っているうちに、手当てをしてくれたのか」

返事がないので顔を向けると、千佳は佐吉の横で眠っていた。よほど疲れたに違いない。

佐吉が起き上がろうとすると、千佳は目ざめて、しがみついてきた。

「千佳、おぬしのおかげで、わしは命拾いをした。礼を言うぞ」

千佳は首を横に振った。

「ちと、外の様子を見てくる」

手を離し、這って廊下に行った佐吉は、雨戸の隙間からのぞいた。

薄暗い中、荒れた畑の先に人がいるのが見える。

道から、たすきがけをした中年の侍が現れ、皆に指図している。

どうやら、仕留めに来る気だ。

佐吉は千佳のところに戻った。

「押し入れに隠れなさい」

千佳は不安そうな顔をした。

佐吉は微笑む。

「大丈夫だ。わしが必ず守ってやる。さ、入りなさい」

千佳はうなずき、押し入れの中に行き、膝を抱えて座った。

佐吉は布団を詰め込み、板戸を閉めた。

目をつむれば、国代と仙太郎の顔が浮かぶ。

ここで死んでたまるか。

立ち上がった佐吉は、めまいに襲われ、ふらついた。大太刀を床について、なんとか倒れるのをこらえたものの、目が霞む。

「我が平常無敵流《へいじょうむてきりゅう》を倒せるのは、信平様のみじゃ」

気合を入れ、歯を食いしばった佐吉は、太ももに巻いている下げ緒を解き、大太刀の柄をにぎる右手に巻きつけた。

「千佳、死んでも守ってやるぞ」

言った時、表の戸を蹴り破り、侍が入ってきた。押し入れの前で仁王立ちする佐吉に目を見張り、戸口に顔を向ける。

「香川様、生きております」

たすきをかけた中年の侍が入り、佐吉を睨む。

「見上げた男よ。だが、ここまでだ。わしが楽にしてやる」

香川は抜刀して板の間に上がり、正眼に構えた。

隙がない。

佐吉は霞む目を見開き、斬りかかった香川の一撃を弾き返した。

その怪力に驚き、飛びすさった香川は、切っ先を下にして迫り、斬り上げた。

佐吉が大太刀で受けようとしたが、斬り上げたのは囮《おとり》だった。そうと見せかけて刀を返した香川の刃が、佐吉の左太ももを切り裂いた。

「くっ」

これで両足を痛めた佐吉は、たまらず膝をつく。

「死ね！」

香川が叫び、首を狙って斬り下ろしたが、佐吉は大太刀を振るい、敵の刀を弾き上げた。

「おう！」

大音声の気合に、香川が下がる。

「押崎、こ奴は化け物じゃ。皆でかかれ。とどめを刺せ」

「はは！」

押崎が抜刀し、配下に目配せをした。

左右に分かれ、佐吉に迫ろうとした侍たちであったが、

「うあ！」

外で悲鳴がして、配下の者が土間に転がり込んできた。

驚いた香川が問う。

「いかがしたのだ！」

そこへ、若草色の狩衣をつけた若者が現れた。

香川が鋭い眼差しを向ける。

「何者だ、貴様」

「鷹司信平」

「公家の者か」

「我が家来を迎えにまいった。そこをどけ」

「この場を見られたからには、そうはいかぬ」

香川が言うと、押崎が佐吉に斬りかかろうと刀を振り上げた。その横腹に、信平が投げた小柄が突き刺さった。

苦痛に呻いた押崎の足を、佐吉が大太刀を振るって切断した。

「ぎゃああ」

のたうち回り、土間に落ちた押崎を飛び越えた信平は、板の間に上がる。

斬りかかった侍の切っ先を鼻先にかわし、左の隠し刀で相手の手首を斬った。

痛みに呻いて怯んだ侍は、信平に腹を蹴られて飛ばされ、雨戸を突き破って庭に転げ落ちた。

「と、殿……」

佐吉は安心した笑みを浮かべた。

信平は、仰向けに倒れようとする佐吉の肩をつかみ、引き戻した。

「気を確かに持て、佐吉」

「はい……」

佐吉は薄目を開けてふたたび笑みを浮かべたが、がっくりと、首が垂れた。

ゆっくり横にさせた信平は、鋭い眼差しを香川に向けた。

「許さぬ」

香川が口をゆがめて笑う。

「一人で我らに勝てると――」

言い終えぬうちに、信平は狐丸を抜いて近くの侍に迫り、手首を切断した。その動きの速さは人並みではなく、香川を絶句させた。

「き、斬れ！　斬れ！」

　叫びに応じて、配下たちが斬りかかる。

　だが、振るわれる刀は見事にかわされ、一人、また一人と斬られていく。

　腕を落とされ、膝を割られた配下たちが苦しむのを見て、恐れをなした者たちは、香川を見捨てて庭に逃げた。

　香川は信平を睨み、歯を食いしばる。

「邪魔をする奴は許さぬ！」

　叫ぶや、猛然と迫った。

　信平は、狐丸をにぎる右手を真横に広げた。

　香川が袈裟懸けに斬る。だが、刃が当たる寸前に、信平が横に転じてかわした。

　目の前から消えた信平に、香川は空振りをする。その刹那、背中を斬られた。

　香川は目を見張り、刀を落として伏し倒れた。

　秘剣・鳳凰《ほうおう》の舞で倒した信平は、外に逃げた者が善衛門たちに倒されているのを一瞥し、佐吉のところへ行った。

　首に手を当ててみる。

　脈打っていたので、安心して息を吐いた。

板戸の中から、すすり泣く声がした。

信平は戸を開け、油断なく布団を引き出した。すると、少女が膝に顔をうずめ、身を固めている。

佐吉はこの子を守ったのだと気付いた信平は、手を差し伸べた。

「助けにまいったぞ。さ、出ておいで」

すると少女は顔を上げて、倒れている佐吉に目を見開いた。

信平の手をつかまず這い出ると、佐吉にしがみつく。

「案ずるな。気を失っているだけだ」

廊下に上がったお初に顔を向けた信平は、この子を頼むと言い、少女に眼差しを戻した。

「名は」

「千佳です」

信平は顎を引いた。

「何も心配せず、共に行きなさい」

「はい」

「さ、わたしと行きましょう」

お初が手を差し伸べ、千佳を連れて家から出た。

信平は佐吉の腕をつかみ、肩に担いで立ち上がると、外に出た。

鈴蔵が裏手から荷車を見つけてきたので、信平は佐吉を横たえた。

五味が歩み寄り、

「これはひどい」

悲壮な顔をして、墨染め羽織を脱いで佐吉にかけた。そして、信平に言う。

「おれは、襲った者どもを逃さぬために残る。すまぬが、村の役人をよこしてくれ」

「殿、五味一人では重荷ゆえ、それがしと頼母が残ります」

「頼む」

善衛門の申し出に応じた信平は、佐吉の額に手を置いて言う。

「佐吉、帰ろうぞ。国代と仙太郎が待っている。死んではならぬぞ」

鈴蔵が荷車を引き、お初と千佳は、佐吉に寄り添って歩んだ。

六

五味が信平を訪ねてきたのは、翌日の昼前だ。

居間にいた信平のところに来るなり、膝を突き合わせて訊く。

「佐吉殿はどうなった」

「渋川昆陽先生のおかげで、今は落ち着いて眠っている」

「そうか、命があって、本当によかった」

「うむ。して、千佳の命を狙った者たちはいかがした」

信平の問いに、五味は険しい顔をした。

「ちと、厄介なことになった」

奉行所に連れて行った香川ら三野藩の者は、北町奉行の調べに対し、

「我らは出奔した咎人《とがにん》を成敗したまで。こたびのことは、邪魔をしたほうが悪うござる」

「さよう、我らは、咎人の娘を渡せば命までは取らぬと申したのに、大男が手向こうたのだ」

口々に、佐吉と、助けに入った信平に非があると訴えたという。

善衛門が口をむにむにとやる。

「よくもぬけぬけと。して、奉行はなんと申しておるのだ」

「早朝に三野藩の上屋敷へ問い合わせよと命じられて、先ほど行ったのですが、江戸

家老は、佐吉殿が助けた娘の父親の実の兄だそうで、縁座《えんざ》により幽閉されています。まことに咎人ならば厄介なことになりますので、御奉行に報せる前に来たのですよ」

五味は信平に顔を向けた。

「いかがする。このままでは、信平殿もまずいことになるぞ」

「香川なにがしの言い分だけで決めるのは、危ういことだと思うが」

「当然だ。それゆえ、江戸家老に確かめに行ったのだ」

信平はうなずいた。

「そなたに対応した藩の者は、香川らのことをなんと申している」

「早急に、解き放てと言われた」

「香川を返せば、江戸家老は殺されるだろうな」

五味が驚き、疑いの眼差しを向けた。

「さては、すでに藩の事情を知っているな」

「佐吉が申すには、香川らは明らかに千佳の命を狙《ねろ》うていた」

「口封じ……、ということか」

「仙石次郎殿は、息を引き取る間際に、千佳を江戸家老に渡すよう頼んだそうだ」

「娘は、何か言うたか」

信平は首を横に振った。

「訊いても答えてくれぬが、おそらく、胸に秘めておろう。伯父に会えば、しゃべるやもしれぬ」

「では、いかがする。御公儀を頼るか」

「藩の行く末に関わることかもしれぬゆえ、迂闊《うかつ》には頼めぬ。江戸家老は、幽閉されていると申したな」

「うむ。上屋敷の役宅で、国許からの沙汰を待っているらしい」

信平は、下座に控える鈴蔵に顔を向け、千佳を預かっていることを報せるよう命じた。

応じた鈴蔵が立ち上がり、その場から去った。

信平は、五味に眼差しを戻した。

「鈴蔵が戻るまで、ここでゆるりとしていてくれ」

「分かった」

頃合いを見て、お初が茶菓を持ってきたので、五味はおかめ顔を向け、にんまりとして言う。

「お初殿、信平殿がここで待てと言われるので、できれば、味噌汁がよろしいのですが」

　信平の前に湯飲み茶碗を置いたお初が、振り向いて立ち上がり、五味を見くだした。

　五味は笑顔を崩さない。

「今日も、お美しいですな」

「はい、召し上がれ」

　言って目の前に汁椀を載せた折敷を置いたのは、おきぬだった。

　驚いて目を見張った五味は、おきぬとお初を交互に見て、汁椀に顔を向けた。

「お、これはまさに、お初殿の味噌汁。もしやおれのために支度をしてくだされたか」

「残り物ですよ。でも五味様、見ただけでお初様の味噌汁だと分かるのですか」

　おきぬに言われて、五味は汁椀を持ち上げて言う。

「この色と言い、香りと言い、間違いないであろう」

　唇を伸ばして一口すすり、満足そうに鼻の穴をふくらませた。

麻布の藩邸に走った鈴蔵が信平の元へ戻ったのは、一刻（約二時間）も経たないうちだった。

五味と居間にいた信平は、鈴蔵からの報せに驚き、

「では、客間にお通ししろ」

命じて、善衛門には、千佳を連れてくるように言った。

五味と客間に入り、待つこと程なく、鈴蔵に案内された仙石正孝が、側近の島田と共に客間に現れ、信平の前に座ると、二人とも神妙な顔で平身低頭した。

「このたびは、多大なるご迷惑をおかけし、面目次第もございませぬ。また、我が姪《めい》、千佳の命を守っていただきました御恩、この仙石正孝、生涯忘れませぬ」

「ようまいられた。面を上げられよ」

「ははぁ」

「仙石殿、幽閉されていると聞いたが、縁座は解かれたのか」

「いえ。ご使者から千佳が生きていることをお教えいただき、これに控える島田と共に江戸詰の者を説き伏せ、出てまいりました。勝手ながら、鷹司様のお召し出しと申しましたところ、これに抗う者は一人もおらず、こうして……」

ふたたび頭を下げて詫びる正孝に、信平はよいと言い、顔を上げさせた。

善衛門が千佳を連れてきた。

正孝は、千佳を見るなり涙を流し、

「許せ。そなたの父を死なせたのはわしじゃ。許してくれ……」

両手をついて詫びた。

千佳は信平に頭を下げ、正孝のそばに歩むと、正座して言う。

「伯父上のせいではございませぬ」

「千佳……」

正孝は千佳を引き寄せ、きつく抱きしめた。

「許せ、許してくれい」

千佳は涙をこらえて正孝から離れると、手をつかみ、着物の襟を触らせた。

はっとした正孝が、

「次郎はここに隠したのか」

訊くと、千佳がうなずく。

正孝は千佳の襟をつかみ、縫い糸を解いて開くと、細く折りたたんで隠されていた密書を二枚ほど取り出した。

開いて見るや、

「これだ」

と言い、島田に見せた。

島田は目を見開き、感慨深そうな顔で顎を引いた。

密書の一つは、国家老・山出帯刀の不正の証となる文だった。

もう一つは、不正に関わっている者たちの名前が記されていた。

正孝は、信平に密書の内容を隠さず明かし、島田と揃って両手をついた。

「千佳を助けてくだされた御家中の方が、大怪我をされたと聞きました。後日改めて、お礼に上がりとうございます」

「それには及ばぬ。我が家来が望むのはただ一つ、千佳の幸せのみゆえ、よしなに」

「この正孝、弟に代わって必ず幸せにいたしますと、お伝えくだされ」

「あい分かった。千佳、幸せになるのだぞ」

「はい」

頭を下げた千佳に、信平はうなずく。

五味が言う。

「仙石殿、北町奉行所で預かっている悪党どもは、いかがされる」

「千佳を妻に預け次第、受け取りにまいります」

「承知した。御奉行にはさようお伝え申します」

「では、これにてご免つかまつります」

正孝は、千佳に帰ろうと言ったが、千佳は信平に顔を向けた。

「佐吉様の看病をしとうございます」

信平は微笑む。

「そなたもこれからのことがあろうゆえ、気をつかわずともよい。元気になれば報せるので、その時は顔を見せに来てやってくれ」

千佳は寂しそうだったが、はい、と言って頭を下げ、正孝と共に帰っていった。


五味と廊下で別れた信平は、佐吉の家に行った。

国代に案内されて部屋に行くと、佐吉は目をさまし、片時も離れようとしない仙太郎に話しかけていた。

信平が行くと起き上がろうとしたので、

「無理をしてはならぬ」

そう言って止め、そばに座った。

「具合はどうじゃ」

「これしきのこと、たいしたことでは……」

仙太郎が甘えて抱き着いたので、佐吉は肩の痛みに顔をしかめた。

「これ、仙太郎」

国代が引き離し、膝に座らせた。

「よい、よい」

笑みを浮かべる佐吉に、信平は、先ほどのことを話して聞かせた。

佐吉は、神妙な顔をした。

「そうですか、そんなことが」

「千佳の父親は、命と引き換えに国家老の不正を暴き、重税に苦しむ民と、藩の未来を守ったのだ」

「残された千佳のことを思うと、胸が痛みます」

「伯父の仙石殿に、そなたの願いを伝えた。父親に代わって必ず幸せにすると申して、連れて帰られたぞ」

「千佳の様子は、どうでしたか」

「気丈に涙をこらえていたが、安心した顔をしていた」

「それは何より。ようございました」

「よう守ったぞ、佐吉」

信平の言葉に、佐吉は微笑んだ。

「これで、次郎殿も成仏されるでしょう」

佐吉は目に涙をにじませ、庭に顔を向けた。

まだ花が咲いていない草のまわりを、一匹の白い蝶《ちょう》がたゆたっている。やがてその蝶は高く舞い上がり、霞んだ空中に溶け込んだ。

第四話　頼母《たのも》の初恋

一

江島佐吉が床払いをして、庭の手入れができるまでに回復をしたのは、梅雨の季節になってからだった。

それまで信平の屋敷では、酒宴もされず、ひっそりとしていた。

福千代は、仙太郎を遊びに誘いに行った時に、身体中にさらしを巻かれて眠る佐吉の姿を見て驚き、急いで奥御殿に戻ると、松姫といた信平に、佐吉は治るのかと、泣いて訊いた。

その時佐吉は、肩の傷が化膿《かのう》して高い熱を出していた。

懸命に治療をしていた渋川昆陽が難しい顔をしていたが、信平と松姫は佐吉の生きようとする力に望みをかけていたので、必ず治る、と言い、福千代を安心させた。

そして佐吉は、二月後に床払いをしたのだ。

佐吉が、福千代と仙太郎が遊ぶのを見ながら土をいじる姿に、月見台の日傘の下にいる松姫は、目を細めて言う。

「一時はどうなるかと気をもみましたが、まことに、ようございました」

「ふむ」

信平は、部屋から持ってきていた狐丸を取り、松姫に見せた。

「福千代に、またやられた」

鍔《つば》と、鞘の下げ緒の穴に糸が何重にも通され、封印してあるのを見て、松姫が驚いた。

「狐丸に触れてはいけぬと、きつく言いつけたばかりですのに」

「よほど、佐吉の姿が恐ろしかったのだろう。隠されずにいるので、まだよいが」

松姫は、福千代に顔を向けて言う。

「父上の剣は正義の剣だと善衛門が申してても、福千代の耳には入らなかったようです。戦う恐ろしさのほうが勝るのでしょうか」

「しっかりしているようでまだ幼いゆえ、仕方のないことだ」

「優しい子ですから」

信平はうなずき、狐丸の封印をそのままにして、傍らに置いた。

「邪魔をするぞ」

声に信平が顔を向けると、舅の頼宣が植木のあいだから現れた。供を連れていないので、垣根一つ隔てた隣の庭から来たようだ。

頼宣が月見台を見回して言う。

「そこへは庭からは行けぬようじゃの」

「こちらへ」

信平は渡り廊下を歩み、頼宣を縁側に誘った。

廊下に控えている頼母に酒肴《しゅこう》を調えるよう言い、頼宣を月見台に案内した。

居住まいを正す松姫に、頼宣は目じりを下げる。

「息災のようじゃな」

すると、松姫がくすくす笑った。

「昨日も同じことを……」

「そうであったかの。じゃが、昨日より今日のほうが、顔色がよいぞ。のう、婿殿」

「はは」

頼宣はあぐらをかいて座り、福千代に顔を向けた。

「おうおう、今日も元気に遊んでおる。よいことじゃ」

信平は、頼宣の前に正座した。

「昨日は留守にしており、ご無礼を」

「よい」

顔を向けた頼宣の顔からは、笑みが消えていた。

「婿殿を訪ねたのは他でもない。倅《せがれ》から聞いたのだが、上様はそなたに、役目を担わせようとしておられるようだな。何か言われておるのか」

信平は驚いた。

「その顔は、まだ知らぬのか」

「はい。今初めて聞きました」

「これはわしとしたことが、嬉しさのあまり口を滑らせたようじゃ。聞かなかったことにしてくれ」

するとと松姫が口を挟んだ。

「父上、それは無理というものです。ご存じならば、おっしゃってください」

「わしも詳しいことが知りとうて、こうして訪ねてきたのじゃ。倅も噂を聞いたのみと申して、詳しいことを知らぬようじゃったのでな。ただ、悪い話ではないらしいぞ」

「さようですか」

「まあ、そなたの出世は当然のことじゃ。御公儀には、遅いと言うてやりたいほどだからのう」

「…………」

信平は、四年前に出世を断ったことは胸に秘め、言わなかった。

頼母が酒肴を持ってきたので、松姫が受け取り、頼宣に酌をした。

受けた頼宣が、信平に言う。

「前祝いは縁起が悪いのでせぬぞ」

一口酒を含み、旨いと言う顔は、喜びに満ちている。

信平も付き合って酒を飲み、頼宣に酌をした。

受けながら、頼宣が狐丸を見た。

「あれは、福千代の仕業か」

「はい」

「福千代らしいの。あの子は、心根が優しい。一家を背負う者としては優しすぎるかもしれぬが、領民からは慕われるであろうな。親に似たのであろう。どのような役目を与えられるか分からぬが、福千代のためにも、励んで家を大きくすることじゃ。いやあ、今日の酒は旨い」

「父上、まだ何も決まっておりませぬのに」

松姫に言われて、頼宣は強面《こわもて》に笑みを浮かべた。

「婿殿のためにも、息災でおらねばならぬぞ。そなたが息災でなければ、婿殿は火が消えたようになるゆえな。のう、婿殿」

「おっしゃるとおりかと……」

信平が眼差しを向けると、松姫は優しい顔で笑った。

信平は言う。

「わたしは、皆とこうして穏やかに過ごすことができるなら、高望みはいたしませぬ」

「それは、将軍家直参旗本であるかぎり許されぬことじゃ。まして、この家の者たちは、婿殿を筆頭に皆情が厚い。江島佐吉にしても、情が厚いゆえに見捨てることができず、巻き込まれた。困っている者を見捨てぬ婿殿を見習ってのことじゃ。いや、違うな。江島佐吉もそういう人間だからこそ、万人にこころを砕く婿殿に仕えたのであろうな」

恐縮した信平は、黙って狐丸を見つめた。

頼宣が眼差しを転じる。

「松」

「はい」

「そなたも、情に厚き信平殿に惚れたのであろう」

松は顔を赤くした。

「違うか」

「違いませぬ」

「では、これからも、何かと面倒に巻き込まれようが、鷹司松平家の奥として、男どもを支えるのじゃ。それが、そなたの務めぞ」

「肝に銘じます」

「この男は必ず出世をする。わしが申すのだから間違いない。よい報せを待っておるぞ、婿殿」

頼宣は大声で笑い、信平に酌をしようとしたが、銚子《ちょうし》が空になった。

新しいのを頼母が持ってきたので、信平は受け取り、気づかった。

「ここはよいぞ」

「はは。では、しばしのお暇《いとま》をちょうだいいたします」

頼宣が訊く。

「どこぞに行くのか」

「はい。これから明日の朝まで、実家に帰らせていただきます」

「さようか。道中、気をつけるのじゃぞ」

頼宣に言われて、頼母は珍しく驚き、そして恐縮した。

「今も言うておったのだが、ここの者は皆情が厚い。市中でもめごとに巻き込まれぬようにの」

頼母はいつもの真顔になり、

「承知いたしました」

頭を下げて、引き退がった。

頼宣が信平の酌を受けながら、廊下を歩む頼母に顔を向けた。

「酒のせいであろうか……」

信平は松姫と顔を見合わせ、頼宣に訊いた。

「何か、気になられますか」

「どうも胸騒ぎがするのだが、まあ、気にするな。近頃わしは、どうも後ろ向きになっていかんのだ。歳は取りとうないの」

頼宣は盃を干し、

「どれ、福千代と話してくるか」

と言い、庭へ下りて行った。

松姫が心配そうな顔をした。

「父上は、頼母に何を思われたのでしょうか」

「佐吉のことがあったゆえ、外出をする頼母を心配してくださったのであろう。何も案ずることはない」

「はい」

松姫は笑顔でうなずいた。

「舅殿がおっしゃったとおりにお役目を賜れば、また、忙しくなる。だが、巨悪を成敗する役目は断るゆえ、心配はいらぬぞ」

「わたくしは、もう大丈夫でございます。思うままにお励みください」

「松……」

信平は松姫の笑顔を見て、安心した。

二

急な雨がようやく途切れ、江戸の町に日差しが戻った。

「蒸し暑い」

「たまりませんな」

飯田坂をのぼってきた二人連れの侍が交わす言葉が聞こえた頼母は、唇を引き結び、真面目を絵に描いたような真顔で眼差しを向けた。

中年の二人は、麻の羽織を重ねた着物の襟元に汗染みをつくり、腰の大小が重そうに歩んでいたのだが、頼母と目が合うと、

「暑いですな」

顔をゆがめつつ、暑さを訴えてきた。

目礼をした頼母の額には少しの汗もにじんでおらず、まったく別の空気の中にいるようだ。

その涼しげな表情とは逆に、頼母の心中は熱いものがふつふつと沸いている。というのも、頼母は父頼定《よりさだ》の呼び出しを受け、信平の許しを得て駿河台大袋町《するがだいおおふくろまち》の実家に帰

っているのだが、
たまには顔を見たい
と、父がよこした一言の文の、嘘を見抜いている。

父が頼母を呼んだ本当の理由は、頼りなき兄頼正《よりまさ》にあるのだ。

頼正は近頃、何かと口実をつけて昼間に出かけ、浅草田んぼの北にある新吉原に通っている。

そのことを頼母の耳に入れたのは、赤坂の信平邸にひょっこり訪ねてきた千下家の隣家の用人だ。

ご存じか、と切り出し、頼正の放蕩《ほうとう》ぶりを教えた用人であるが、親戚縁者でもない者がわざわざ信平邸まで足を運んだのは、本人の意思ではないはずだ。

裏に父がいることを、頼母は見抜いている。

ようは、噂で知ったことにして、兄頼正をいさめてほしいのだ。

兄に気をつかう父は弱いと思うが、期待に応えたい頼母は、千下家のために厳しく言わねば、と、こころに決めて飯田坂をくだっている。

右手側の江戸城牛《うし》ヶ淵《ふち》に眼差しを向け、谷底のように低いところにある緑の水面を眺めて歩み、程なく前を向いた時、頼母は眼差しを鋭くした。

浪人が商人の腕をつかんで裏店《うらだな》の路地に引き込む姿が、目にとまったのだ。

物取りかと思ったのだが、元飯田町《もといいだまち》の自身番の近くなので、襲われたのではなく、用心棒の浪人と雇い主のいざこざかもしれないと思いなおし、歩んで坂をくだった。

路地の入り口にさしかかった時、気になって目を向けると、浪人が商人の腹を蹴って倒し、巾着《きんちゃく》を奪った。紐を解いて手を入れ、小判を取ってにやけた浪人が、巾着を捨てて路地の出口に向かってきたので、頼母は咄嗟に木戸の柱に隠れ、近づいた足音に合わせて右足を出した。

「うわ！」

見事にひっかかった浪人がつんのめって転んだところへ頼母が行き、起き上がろうとした浪人の背中を膝で押さえつけた。

「痛い！　何をする！」

「黙れ、泥棒め」

「離しやがれ！」

抗おうとする腕をつかんで関節技を決めると、浪人は悲鳴をあげた。

路地から出てきた商人が、逃げた浪人が取り押さえられているのを見て目を見開き、

「誰か！　誰か来てください！　泥棒です！」

大声で助けを求めた。

駆けつけた自身番の番人に、頼母が真顔を向ける。

「それがしがこの目で見ている。この者が商人から金を取ったのは間違いない」

「はは」

応じた番人は、頼母に代わって浪人を取り押さえ、自身番にしょっ引いた。

商人が頼母に何度も頭を下げて礼を言い、

「あの、お住まいとお名前をお教えください。お礼に上がりとうございます」

「ここで名乗るようなみっともないことはせぬ。大切な金を取り戻せてよかったな」

頼母は商人に言い、その場から立ち去った。

いつもの真顔で歩む頼母。

これまでの一部始終を見ていた中年の侍が、

「なかなかにできた若者だ。うむ、気に入った」

目を細めて言い、道を歩む頼母の後をつけ、大袋町の屋敷まで行った。

門番が、お帰りなさい、と言って、頼母を出迎えたのを物陰から見ていた中年の侍は、脇門が閉められ、無人となった表門の前を通りすがりに門構えを確かめ、

「相手に不足はない」

と喜び、去っていった。

そのような中年の侍が後をつけていたことなどまったく気付かなかった頼母は、両親と会い、程なく、新吉原に向かった。

兄のそばに仕えている若党から妓楼《ぎろう》の名を聞き出していた頼母は、吉原に着くと、看板を探して歩き、見つけた。

間口が広い妓楼は、客の出入りも多い。

こういう遊び場のことを何も知らぬ頼母は、客の後ろに続いて表から入った。

すると、店の男が飛んできて、

「お侍様、ここは一見様お断りでございます。どちら様のご紹介でしょうか」

頼母はすぐには答えず、店を見回した。

店の者が疑いの目を向ける。

「あのう、お侍様？」

頼母は、厳しい眼差しを向けた。

「それがしは、千下頼正の弟だ」

「あっ」

焦りの色を浮かべる店の男を、頼母が見据える。

「兄のところへ案内してもらおう」

「おられません」

「即座に答えるとは、いかにも怪しい。誰が来ても、おらぬと言えと命じられているのか」

「いや、本当におられません」

頼母は着物の袖袋から、父に出してもらっていた小判を一枚出し、店の男の胸に押し当てた。

「火急の用だ。兄のところへ案内してもらおうか」

小判を受け取った男は手のひらを返したように態度を変え、愛想笑いを浮かべた。

「少々、お待ちを」

「待たぬ」

頼母は勝手に上がり、止める男にどけと言って、段梯子をのぼった。

「お待ちを。千下様、困ります」

追ってきた店の男を振り向き、

「言わねば片っ端から障子を開けるまでだ」

と、頼母が脅す。

「そんなことをされては大騒ぎになります。分かりました、一両もらっていることですし、今回はご案内します」

店の男はそう言って、頼母を頼正のところへ案内した。

「あちらでございます」

小声で示された部屋の前に行き、いきなり障子を開けると、中にいた頼正は、遊女と唇を重ねようとしていたところだった。

「兄上！」

「えっ！」

突然現れた厳しい弟に、頼正は仰天した。

「た、頼母……、どうしてここに……」

「兄上が吉原に通っているという噂を聞き、もしやと思いましたが、まさか、このような体たらくとは」

頼母は、酒食の後の散らかった部屋を見て、長い息を吐いた。

頼正は、焦りの色を浮かべて言う。

「非番の時の息抜きだ。よいではないか」

「納戸頭にご出世され、日々気をつかっておられるのは分かります。ですが、月に二十両もどぶに捨てて、何がよろしいのか」

「旦那、どぶとはなんですよう」

遊女が怒ったが、頼母は真顔を崩さない。

「そなたと遊ぶことで、兄が御家のためにより一層励まれるなら生きた金であろうが、親と妻に嘘までついて遊びに耽るのは、上様のおそば近くにお仕えする者としていかがなものか。悪い評判はすぐに広まるもの。御公儀の印象を悪くしてお役御免になれば、金をどぶに捨てるも同じと申している」

遊女は不機嫌な顔を横に向けた。

「頼母、言いすぎだ」

「事実を申したまで」

頼母は、頼正と睨み合った。

女の前で恥をかかされた頼正の顔には怒気が浮いているが、言い返す言葉がないらしく、口をへの字にしている。

頼母は店の男と遊女を下がらせ、障子を閉めて頼正と膝をつき合わせた。

「ここに来る前に、御家の勘定方に帳簿を見せてもらいました。兄上、このまま放蕩を続けますと、来年の秋には、借財をせねば家来を養えなくなりますぞ」

頼正の顔から怒気が消え、青くなった。

「嘘を申すな」

「嘘ではござらぬ。父上は、金のことを細かく言うのはおきらいのご様子で、勘定方も遠慮しているのでしょうが、ほどほどにしておきませぬと、毎日めざしを食うはめになります。これは脅しではないことを、肝に銘じてください。今日は、それだけをお伝えしにまいりました。今日の分は払っておきますので、最後と思うて存分にお遊びください。では、これにて」

口うるさく言うのは、頼母が兄思いだからだ。

このうえに小言を並べては、兄と仲たがいをすると思う頼母は、立ち上がった。

「待て、頼母」

引き止められたが、振り向きもせずに帰った。

残された頼正は、家の財政がそこまで悪いとは思いもしなかったらしく、驚きと焦りで、混乱した顔をして座っている。

頼母が帰って程なく、遊女が戻ってきた。

「弟様がたんまり置いていってくれましたよ。初めは怖いお人だと思いましたが、いい人ではないですか。ささ、飲みなおしましょう」

「いや、今日は帰る」

頼正は真顔で言い、身支度をした。

三

翌朝、赤坂に帰った頼母は、居間にいた信平の前に座り、礼を述べた。

信平はうなずいただけで、詳しいことを訊こうとはしなかった。

すると善衛門が、兄の様子を訊いたので、頼母は真顔を向けた。

「女遊びが思ったよりひどく、たっぷりと小言を言い、少々脅してやりました」

善衛門が腕を組み、うぅん、と、難しい顔をする。

「納戸頭の吉原通いは、感心せぬな。頼正殿は悪い遊びを覚えたものじゃ。奥方とうまくいっとらんのかの」

頼母は、珍しく感情を顔に出した。

「夫婦の仲のことまでは、それがしは知りませぬ」

不機嫌な口調に、善衛門は慌てた。

「それはそうだな。いや、いらぬことを訊いた。許してくれ」

「勝手にお邪魔しますよ」

そう言って、廊下の障子からおかめ顔をのぞかせたのは、五味正三だ。

「お、いたいた」

居間に入り、信平と善衛門に軽くあいさつをして座り、頼母に顔を向けた。

「頼母殿、大手柄であったな」

頼母が真顔を向ける。

「なんのことですか」

「昨日のことに決まっているだろう。元飯田町の」

「物取りの浪人のことですか」

「さよう」

五味は信平と善衛門に昨日のことをざっと話し、頼母に言う。

「あの浪人は浪人の身なりをしているが、正体は百姓だった。刀も竹光《たけみつ》だったのだが、なにせ腕っぷしが強い。その剛力を生かして、遊ぶ金欲しさに人から金を奪っていたのだ」

「そうでしたか」

と、真顔の頼母は興味が薄い。

五味がおかめ顔を突き出す。

「近頃江戸市中では、浪人に腕ずくで金を取られる者が増えていたので、北町奉行所は探索に力を入れていたのだ」

五味は持っていた布包みを開き、書状を取り出した。

「これは、御奉行からの礼状と、金一封だ。受け取ってくれ」

差し出された礼状と、小判を包んだ袱紗《ふくさ》を一瞥した頼母は、五味を見据えた。

「それがしは、襲われた商人にも、自身番の者にも名を告げていませんが、何ゆえ分かったのです」

「壁に耳あり、障子に目ありと言うではないか。あの後、悪党をしょっ引いた自身番に武家が現れて、先ほどの若者の屋敷を見つけたのでついてこいと番人に言い、お前さんの実家の前で、この家の若者は誰かと訊いたそうだ」

「教えたのですか」

「番人が知るはずないだろう。武家に名を訊こうと思うより先に、門番が何ごとかと出てきたので子細を話したところ、自身番の者に気を許した門番が、お前さんだと教えてくれたそうだ」

　頼母は鋭い眼差しとなった。

「その武家は、何者ですか」

　五味は、ばつが悪そうな顔をした。

「門番と話を終えた自身番の者が気付いた時には去っていたらしく、誰だか分からん」

　善衛門が、うぅむ、と呻いた。

「怪しいの。何者だろうな」

　頼母が五味に訊く。

「どのような男ですか」

「四十代半ばかそこらで、身なりもよかったそうだ。自身番の者に言わせれば、人のよさそうな中年の侍だそうだ」

　善衛門が言う。

「咎人の仲間かもしれぬので油断は禁物だ」

　すると五味が、顔の前で手をひらひらとやる。

「捕らえた男に仲間はいませんよ」

善衛門が眉根を寄せた。

「どうして分かる」

「これでも与力ですから、そこはぬかりございません。金を取られた商人を何人か来させて顔を見せましたら、皆同じ者の仕業でした。そこで、この件は落着となったわけです」

「なるほどの」

善衛門が納得したので、五味は頼母に顔を向けた。

「そのうち、御公儀からも褒められるのではないか」

頼母が訊く。

「それがしを調べた者が、公儀の役人と申されますか」

「おれの想像にすぎんがね。ということで、確かに渡したぞ。ゆっくりしたいところだが、まだ仕事が残っているので、奉行所に戻る。信平殿、また来ます」

「ふむ。ご苦労だった」

五味は笑顔でうなずき、お初の味噌汁も飲まず早々に帰った。

須賀隠岐守《すがおきのかみ》が信平を訪ねてきたのは、翌日のことだ。

信平と面識があるこの中年は、優しい顔をしている。

書院の間で対面した信平は、突然の訪問を詫びる須賀に、

「もしや、千下頼母のことでまいられましたか」

先回りをして訊くと、

「さすがは信平殿、お耳が早い」

と、須賀は上機嫌で、頼母を町で見かけ、感銘したと言った。

「悪人を捕らえる勇ましさと、正義に熱いこころに胸を打たれました。今日馳《は》せてまいったのは他でもござらぬ。是非とも頼母殿に、我が娘を嫁がせたい。信平殿、隠岐守忠次《ただつぐ》一生に一度の頼みでござる。何とぞ、お力添えのほどを賜りたい」

頭を下げられたが、信平は返答に困り、共にいる善衛門に顔を向けた。

善衛門が代わって言う。

「須賀家は交代寄合。家格は千下家よりも上で、しかも頼母は鷹司松平家の家来ですぞ。娘御は、本来なら旗本か大名家の奥方になられる身分。頼母でよろしいのか」

「信平殿に仕える頼母殿だからこそ、娘を嫁がせたいのです」

「そのお気持ち、よう分かる」

善衛門は膝をたたいて言い、信平に顔を向けた。

「殿、頼母を呼んでもよろしいか」

「ふむ？　ふむ」

突然の縁談話に、信平は流されるままだ。

世話好きの善衛門は張り切り、廊下に控えている頼母のところに行った。

「頼母――」

「お断りします」

即座に言う頼母に、善衛門が目を丸くした。

「まだ何も言うておらぬぞ」

「お話が耳に入りましたので……」

頼母は顔色一つ変えず、目すら合わせない。

そこへ、須賀が来た。

「頼母殿、まさに貴殿だ。どうであろう、親が言うのもおこがましいが、娘は器量もよく、優しゅうござる。もろうてくださらぬか」

頼母は、目を伏せたままだ。

「それがしは、妻帯する気はございませぬ」

だが須賀もしつこい。

「まま、そう言わず、一度初美《はつみ》に会うてくだされ。後日当家にお招きするので、必ず来てくだされ。では信平殿、今日はこれにてごめん」

須賀は有無を言わさぬように、そそくさと帰ってしまった。

「無礼な」

頼母は不機嫌になったが、善衛門がいさめた。

「おぬしは鷹司松平家の立派な家来になったのだから、そろそろ妻帯してもよいのではないか。跡継ぎを育むのも、家来としての務めぞ」

「この話はお断りします」

「もしや、こころに決めたおなごがいるのか」

深く訊く善衛門に、頼母はより不機嫌な顔をした。

「そのような者はおりませぬ」

善衛門から眼差しを転じた頼母は、信平に頭を下げた。

「帳簿の仕事がございますので、詰め部屋に下がります」

「ふむ。明日は登城ゆえ、供を頼む」

「はは」

頼母は立ち上がり、善衛門とは目を合わさずに下がった。

善衛門が、信平に顔を向けた。

「殿、頼母になんとか言うてやってくだされ。いい話だと思いますぞ」

「降ってわいたような話ゆえ、頼母も驚いているのだろう。ここは、焦らぬほうがよい」

口をむにむにとやった善衛門であるが、信平の言うとおりだと思ったのか、この後は何も言わなかった。

四

翌日、頼母は信平の供をして朝から登城し、昼前には、赤坂の屋敷への帰途についた。

本丸御殿の大玄関脇で待っていた時は、須賀が言った縁談のことが少しは気になっていたのだが、城を出てからは、そのことはすっかり頭にない。というのも、老中たちとの話を終えて戻った信平が、どことなく、浮かぬ顔をしていたからだ。

大玄関で迎えた時、いち早く気付いた頼母は、何かあったのか訊いた。

だが信平は、決まってから教えると言い、それからは黙っている。

あまりしゃべらない殿だが、それは信平の貴品というもので、頼母は尊敬していた。しかし今は、何も言えぬ、という様子だ。

それはつまり、御公儀から、断るのが難しい打診があったということだ。

頼母は、近頃ちらほらと出ているお役目の噂に違いないと思ったのだが、信平が浮かない顔をしているのが気になり、憶測をめぐらせることで頭が一杯になり、須賀のことなどすっかり忘れていた。

信平の背中を見つつ歩み、赤坂の屋敷に帰ると、善衛門が待ち構えていた様子で出てきた。

殿、いかがでござった。

そう言うに違いないと頼母が思っていると、善衛門は信平に頭を下げて迎え、次いで頼母に顔を向けた。

いささかにやけている。

「頼母、客が待っておるぞ」

「兄ですか」

「いいや、おなごだ」

頼母は、真顔を向けた。

「誰です」

「会えば分かる。おぬしの部屋で待たせておるぞ」

「勝手に上げたのですか」

「外で待たすわけにはいくまい」

「頼母、ここはよいぞ」

信平に言われ、頼母は頭を下げた。そして、自分の部屋がある長屋へ向かった。

佐吉夫婦が暮らす長屋の近くに、頼母の部屋がある。

馬の世話を終えて歩んでくる鈴蔵とすれ違った時、

「お美しいお方で羨ましい」

などと言うものだから、頼母は焦った。

まさかとは思いつつ部屋に戻ると、お初が迎えた。

「表の部屋へ」

「お初殿、誰なのです」

「須賀様のご息女です」

「やはりそうですか」

「もう一刻（約二時間）も待っていますから、急いで」

「はい」

頼母は表の部屋に行った。

すでに平常心に戻っている頼母は、真面目を絵に描いたような真顔で部屋に入った。

待っていた初美が頭を下げた。

「突然お邪魔をして、申しわけございませぬ」

顔を上げた初美は、緊張している様子だが、色白で、優しそうな面立ちをしている。

白地に薄水色の花びら模様の着物がよく似合っている。

頼母はこころがざわついた。初めてそんな気持ちになったせいか、目を合わせられなくなり、落ち着きなく座ると、一つ咳をした。

「千下頼母です」

気持ちはざわつくが、妻帯の気持ちがないことに揺らぎはなく、頼母はこの場ではっきり断ろうとしたのだが、初美が先に口を開いた。

「千下殿、すぐにでも江戸から逃げてください」

真剣で、気持ちに余裕がなさそうな声に、頼母のこころのざわつきは消え、落ち着いた眼差しを向ける。

「誰から逃げるのです」

「西田《にしだ》誠之介《せいのすけ》です」

「初めて耳にする名だ。わけを訊きましょう」

初美は、必死に訴えようとする眼差しで、頼母と目を合わせた。

「前に父が決めた縁談のお相手が斬殺されたのです。一人ではなく二人も……」

頼母が先回りをして訊く。

「西田誠之介が斬ったと」

「はい」

「失礼だが、西田誠之介とあなたは、どのようなご関係がおありか」

初美は戸惑ったように顔をうつむけた。

「御家人である西田家の次男誠之介は、二十五歳の若さで念流の達人と言われた遣い手でございます。一昨年、噂を聞いた父が屋敷に招き、若党たちに指南を頼んだのが縁で、わたくしも親しくなりました。ですがあの者は、父が目をかけていた若党を博打《ばくち》に誘い、借財をさせました。そのことを知った父は激怒し、西田誠之介を出入り禁止にしたのです」

「そのことを逆恨みし、初美殿の縁談を邪魔しているのですか」

「はい」

頼母は、初美と西田誠之介は恋仲だったのではないかと疑ったが、口にはせず、他の疑念を確かめる。

「殺された縁談の相手は、旗本ですか」

「はい」

「奇妙だ。旗本が二人も殺されたというのに、そのような噂は聞いたことがない」

頼母が疑いの眼差しを向けると、初美は目をそらすことなく言う。

「御家の存亡に関わることですので、表沙汰には……」

「そういうことか。どうやらお父上は、それがしが悪事を働いた者を捕らえるところを偶然見かけられ、西田誠之介に立ち向かえる者と思われたらしい」

「そのとおりでございます」

「それは大きな思い違いをされている。それがしは算用には自信があるが、剣術のほうは才覚がないのです」

頼母は、この縁談は断るつもりだと言いかけて、言葉を飲み込んだ。

初美の悲しそうな顔に胸を打たれ、放っておけなくなったのだ。

頼母は咄嗟に、あることを思いついた。

「初美殿」

「はい」

「間違っていたら申しわけない。西田誠之介は、初美殿のことを想うているのではないだろうか」

「………」

初美はうつむいてしまった。

頼母はさらに訊く。

「あなたと西田誠之介は、その……」

「おっしゃるとおりです。誠之介とわたくしは、一度はこころを通わせたことがございました。けれども、それは一時の迷いです」

「だが、西田誠之介は、今でもあきらめていないのではないですか」

「………」

初美は押し黙った。

頼母が言う。

「西田誠之介は、あなたがそれがしの妻になればきっぱりあきらめるような男ですか」

「えっ」

目を丸くした顔を上げた初美を見つめた頼母は、答えを待った。

初美は目を泳がせ、迷う顔をした。

「どうでしょうか。わたくしには、分かりかねます」

「では、一度それがしの妻になってみますか」

真面目に言う頼母に、初美はまた、目を丸くした。

頼母が薄い笑みを浮かべる。

「むろん、これは策です。それがしの妻となり、西田誠之介があきらめたところで離縁するというのは、いかがか」

初美は驚きのあまり言葉が出ないようだ。

頼母の言葉に驚いた者は、他にもいる。

こっそり長屋に入り、襖越しに盗み聞きしていた五味が、ええ、と、思わず声が出た口を慌てて塞ぎ、後ろを振り向いた。

共にいた善衛門は、五味にしかめっ面をして、馬鹿者、と、声に出さずに言った。

頼母は、怒気を浮かせた顔を襖に向けた。

「そこで何をしているのです」

さっと襖が開けられ、二人が出てきた。

焦った様子の善衛門が言う。

「怒るな。どうにも心配だったのだ。それより頼母、今の策はいかん。おぬしもいい年頃なのじゃから、初美殿とまことの夫婦になれ」

「よけいな口出しは無用」

「まあ聞け。一度夫婦になって、と申したが、離縁すれば、初美殿は出戻りになる。これでは、まことの縁談が難しくなってしまうのでいかん。今のは、おぬしらしくもない策じゃ」

頼母は不愉快ながらも、冷静になってみれば、善衛門の言うとおりだ。

「確かに……。初美殿、今の話は忘れてください」

初美は目を伏せてうなずいた。

頼母が言う。

「ですが、武士として、くだらぬ嫉妬をする者から逃げるわけにはまいらぬ。それがしは江戸から出る気はさらさらござらぬ。妻帯をする気もないので、これからお父上にお会いして、はっきりお断りさせてもらいます。そうすれば、西田誠之介がそれがしを狙うことはなくなるでしょう」

「承知しました」

初美は善衛門に顔を向け、お世話になりました、と言い、頭を下げた。

善衛門が頼母に言う。

「おい、これほどのいい縁談を、まことに断るのか」

「はい」

頼母は眼差しを初美に向けた。

「駕籠を雇ってきますのでここでお待ちを」

そう言うと町に行き、駕籠を雇って屋敷に連れてくると、初美を乗せた。

須賀家は、頼母の実家とそう離れていない、水道橋近くの小栗坂《おぐりざか》にある。

無事に送り届けたのだが、肝心の須賀はあいにく留守だった。

初美が家の者に訊いたところ、須賀は所用で出かけ、いつ戻るか分からないという。

今日を逃す手はないと頼母は思い、待たせてもらうことにした。

通された客間で正座し、庭を眺めていると、初美が茶菓を持ってきた。

茶台と菓子の皿を差し出し、折敷を横に置いた初美が、居住まいを正して両手をついた。

「今日の非礼を、改めてお詫び申し上げます」

頭を下げる初美に、頼母は首を横に振る。

「それがしこそ、無礼なことを言いました。どうかお気になさらず、頭を上げてください」

従った初美が、穏やかな顔で頼母に何か言おうとした時、廊下に侍が現れた。

侍が頼母に頭を下げた。

初美が眼差しを向ける。

「又左《またざ》、何ごとです」

きりりとした目をした、色白で整った面立ちの又左は、頼母と目を合わせることなく、初美に顔を向けた。

「初美様、奥方様がお呼びでございます」

「今はまいれぬとお伝えなさい」

「お客があると承知で、お呼びでございます」

「何でしょう」

「聞いておりませぬ」

いささか厳しい口調の又左が、頼母に眼差しを向けた。

「暗くなれば西田誠之介が現れるかもしれませぬので、日をお改めくださったほうがよろしいかと」

初美が慌てた。

「申しわけございませぬ。この者が不機嫌なのは、頼母様に向けてではなく、借財をさせた誠之介を恨んでいるからなのです。名を口にするだけでも腹が立つらしく……」

頼母は手で制した。

「気にしておりませぬ。確かに外はもう薄暗いので、日を改めましょう」

そう言って立ち上がり、初美に見送られて屋敷を出た。

江戸城の西にある番町まで帰った頃には、すれ違う人の顔さえもよく見えないほど暗くなり、町の役人が辻灯籠に火を入れている。

頼母はその灯籠の前を通り過ぎ、赤坂に急いだ。そして、半蔵門前の道を歩んでいる時、何気なく振り向いた頼母の視界に、さっと身を隠す人影が入った。後をつける者がいることに気付いた頼母は、前を向くと走った。

身を隠した者は、頼母が走ったので駆け出したが、あっさりあきらめ、辻を西の方角へ曲がった。

走り込んだ路地からその姿を見ていた頼母は、ほっと胸をなでおろす。

このままではおちおち外を歩けないと思い、

「厄介だな」

そう独りごちると、急いで帰った。

屋敷に入るなり、信平を捜した頼母は、居間に見つけて廊下に座った。

「殿、ただ今戻りました」

信平は穏やかな眼差しを向け、顎を引く。

「近《ちこ》う」

「はは」

頼母は膝を進め、両手をつく。

「お願いがございます。明日より二日、お暇をください」

信平が答える前に、善衛門が口を挟んだ。

「頼母、帰るなりなんじゃ。須賀家で何かあったのか」

頼母は善衛門をちらと見て、信平に言う。

「帰り道で、怪しい者に後をつけられました。おそらく、西田誠之介かと」

信平はうなずいた。

「その名は善衛門から聞いている。襲われたのか」

「いえ、それがしが気付いたと知るや、逃げて行きました。このままでは外を歩けませぬので、誠之介を調べとうございます」

「調べて、なんとする」

「話ができる相手なれば、直に会い、自分は須賀家からの縁談を断ると、はっきり言いとうございます」

「ふむ。では、鈴蔵かお初に調べてもらおう」

「いえ、それには及びませぬ。この目で確かめとうございますので」

「西田誠之介は念流の達人だと聞いたが」

「そのようです」

「ならばそなたを一人で行かせるわけにはいかぬ。鈴蔵を警固につけるなら許そう」

「承知しました。では、明日からお願いいたします」

「ふむ」

信平は廊下に控えている鈴蔵に眼差しを向けた。

「鈴蔵、頼む」

「はは」

頼母が膝を転じて頭を下げたので、鈴蔵は笑顔で顎を引いた。

夜のうちに武鑑《ぶかん》を調べ、西田家の在所《ありか》を頭に入れていた頼母は、朝早く屋敷を出かけた。

鈴蔵と共に向かったのは、本郷の北ノ天神だ。西田の家は、天神と同じ境内にある真光寺の裏に回ったところに、ひっそりとたたずんでいた。

薄禄の御家人長屋が並ぶ中で、西田家の木戸門は真新しい。門扉だけ、作り直したようだ。

門の前で声をかけると、すぐに下男が出てきた。

「鷹司松平家家来、千下頼母と申す。西田誠之介殿に話があってまいった」

真顔の頼母に、中年の下男は慌てた様子で、

「お待ちを」

と言い、一旦下がった。

間を空けず現れたのは、人相の悪い男だった。

「御大層な御家の方が、弟になんの御用向きか」

「貴公は」

「兄だが」

無礼な態度だが、頼母は表情を変えない。

「本人にお話がある。ご在宅か」

兄は頼母を見据えた。ちらと鈴蔵を見て、頼母に薄い笑みを浮かべる。

「何かしでかしたのか」

「ご在宅か」

詳しいことを言わぬ頼母に、兄はあくびで返した。

「家にはおらぬので、近くの道場にでも行っているのだろう。この道をまっすぐ行った突き当たりだ。行けばすぐ分かる」

門の右を示す兄に、頼母は真顔で頭を下げ、歩みを進めた。

「お堅い野郎だ」

侮蔑の言葉を背中に投げられたが、頼母は気にもしない。

鈴蔵と共に行くと、兄が言ったとおり、町道場があった。

稽古をする声と、木太刀をぶつけ合う音がしている。

開けられたままの表門から訪《おとな》いを入れても誰も来ないので、勝手に入った。

道場の表の戸口まで行くと、稽古をしている者たちの姿が見えた。

鈴蔵が足を踏み入れて、上がり框に片膝をついて手を伸ばし、戸口に背を向けて座っている者の肩を軽くたたいた。

鈴蔵は振り向いた門人に片手を立ててあやまり、小声で訊く。

「強い人がおられると聞いて来たのですが、西田誠之介殿は、どの人ですか」

「ああ、師範代でしたら、今稽古をされている、左側のお方がそうです。お呼びしますが、どちらの御家中で？」

「それはのちほど。まずは、見物させてください」

鈴蔵が言うと、若者は人柄のよさそうな笑顔で応じて、

「でしたら武者窓からどうぞ。そちらのほうがよく見えますので」

と言い、わざわざ外へ出て教えてくれた。

武者窓からのぞいた頼母は、門人に稽古をつける西田の姿に目をこらした。

二人を相手にしている西田は、打ちかかってきた一人目の一撃を弾き上げて腹を打ち、背後から打ちかかった二人目の一撃を右にかわし、振り向きざまに木太刀を振るい、足を払って倒した。

それはほぼ一瞬のことで、

「強い」

共に見ていた鈴蔵が呻くほどだ。

「あんなのに襲われなくてよかったですね」

舌を巻いた鈴蔵がそう言ったが、頼母は首を傾げた。昨日の者とは、別人のような気がしたのだ。

確かめるために、頼母は先ほどの門人がいる戸口に戻り、面会を頼んだ。

将軍家縁者の鷹司信平の家来と知り、門人は道場主に話を通すと言って上座に行き、戻ってくると、客間に通してくれた。

待つと程なく、西田誠之介が来た。身なりを整えた姿は、やはり、昨日の人影とは別人の気がする。だが、暗かったのでそう思えるのかもしれないと思った頼母は、名を名乗り、訪ねたわけを話した。

初美のことだと分かった途端に、誠之介は険しい顔つきとなった。

「千下殿、何か思い違いをしておられるようだが、初美殿とわたしは、もう一年も顔を合わせておりませぬ。あなたが初美殿とどうなろうが、知らぬことだ」

「されど、初美殿は……」

「もう二度と、その名は聞きたくない。ごめん」

誠之介は話を切って立ち上がり、背中を向けて障子を開けた。

「二度と初美殿に関わらぬと約束されよ。誠之介殿……」

頼母が言い終えないうちに、誠之介は廊下に出て手荒に障子を閉め、去ってしまった。

鈴蔵がにじり寄る。

「焦ったようですね。見張りますか」

「いや、これから須賀家に行く。ついてきてくれ」

「ようございますが、何をする気で？」

「縁談を受ける」

「え！」

驚く鈴蔵の前で立ち上がった頼母は、丁度茶を持ってきた門人に礼を言い、須賀家に急いだ。

五

戻った鈴蔵から話を聞いた信平は、頼母を部屋に呼ぶよう命じた。

応じた鈴蔵が下がって程なく、頼母が現れた。

いつもの真顔ではなく、神妙な顔をしている。

信平と共にいた善衛門が訊く。

「頼母、おぬし、須賀殿に縁談を受けると言うたそうだな」

「はい」

「それはめでたい。須賀殿は喜ばれたであろう」

「…………」

黙っているので、善衛門が不思議そうな顔をする。

「いかがしたのだ、そのように浮かぬ顔をして」

察した信平が言う。

「頼母、そなた囮《おとり》になる気か」

すると頼母は、信平に両手をついた。

「初美殿のために、一日も早く下手人を捕らえとうございます」

「そのために、縁談を受けたのか」

「はい」

善衛門が驚いた。

「おい、あの策はだめだと言うたであろう。初美殿が出戻りになるのじゃぞ」

「祝言を挙げる前に捕らえれば、夫婦にならずともすみます。殿、何とぞ、お力添えを」

うなずいた信平は、しばし考えた後に、策を告げた。

「これしかないと思うが、どうだ」

善衛門は、よい考えかと、と、顎を引く。

「ではこれより、須賀家にまいります」

「頼む」

信平に応じた善衛門は一人で出かけ、須賀家を訪ねた。

通された客間で待っていると、現れた須賀は喜びを隠せぬ様子で善衛門の前に座った。

「葉山殿、ようお越しくだされた。頼母殿から聞かれましたかな」

「聞きましたとも。須賀殿、よろしければ、この縁談の世話をさせていただけぬじゃろうか。頼母はわしの孫のようなものゆえ、嬉しゅうてな」

須賀は大喜びで受け入れ、

「是非とも、お願い申し上げまする」

平身低頭した。

「お任せあれ。ところで初美殿は」

「今呼びまする」

須賀が立ち上がって廊下に出たのだが、歩もうとして驚いた。

「おお、なんじゃ初美、そこにおったのか。話は聞いたか」

善衛門が廊下を見ると、須賀の前に初美が歩んできた。

「いえ、今お茶をお持ちしたばかりで、何も」

「そうか。では、お出ししなさい」

「はい」

初美が客間に入り、善衛門の前に茶台を置いた。

口を潤そうとした善衛門は、湯飲み茶碗に手を伸ばした。

冷めていたので、おや、と思ったが、善衛門は気にせず一口飲み、初美と須賀に言う。

「頼母は、さっそく今夜実家に帰り、親には自分で伝えると言うておりました。初美殿、真面目を絵に描いたような堅物ですが、心根は優しい男ゆえ安心されよ」

初美は笑みを浮かべ、うつむいた。

善衛門は須賀に顔を向けた。

「ところで須賀殿、縁談を急がれていたようじゃが、何かわけがおありか」

初美が驚いた顔をした。

須賀は初美をちらとも見ず、笑って言う。

「いろいろと縁組の話が出ていたのですが、どれもこれも、顔をしかめるようなお相手ばかりでしてな。誰かよい若者はおらぬものかと思うていた時に、町で頼母殿に出会ったのでござるよ。以来、頼母殿しか考えられず、他に取られてはいけぬと思うと眠れなくなりまして、焦ったわけでございます」

「なるほど。よう分かりました。そのこと、我が殿に伝えておきますぞ」

善衛門はそう言って、信平のもとへ帰った。

頼母が信平の屋敷を出たのは、暮れ六つを少し過ぎた頃で、外は夜のとばりが下りはじめていた。

西の空に稲光がしたが、雷鳴は遠く、雨は降りそうにない。

先日と同じ道を選んで歩み、程なく半蔵門前にさしかかった。

だが怪しい人影はなく、何ごともなく番町の道を進み、暗い飯田坂をくだった。

もう少しで坂下に着くというところで、道を歩む人が絶えた。その刹那、背後から駆けてくる足音がした。警戒していた頼母は、刀の鯉口《こいぐち》を切り、前を向いて走った。離れたところで振り向くと、黒い影が迫り、斬りかかってきた。

刀を抜いて受け、右へ押しやって間合いを空けた。

「お前は、西田誠之介ではあるまい！　名乗れ！」

刀を正眼に構えて問う頼母に、曲者は答えない。

黒い布で鼻と口を隠しているので、顔が見えぬ。

襲撃者は刀を低く構え、向かってこようとしたのだが、背後の気配に気付いて横に下がった。

暗い道から現れたのは、白い狩衣姿の信平だ。

曲者を武家屋敷の漆喰壁に追い詰めた信平が、厳しい眼差しを向ける。

「逃げられはせぬ。観念いたせ」

だが曲者は、信平の横にいる頼母を睨み、襲いかかった。

頼母は袈裟懸けの一撃を受け止め、歯を食いしばって押し返す。そして隙を見つけて斬りかかったが、曲者の剣技が勝っていた。打ち下ろした刀を弾き上げられ、手から飛ばされたのだ。

脇差を抜く隙を与えない曲者は、頼母の喉を狙って突こうとしたのだが、迫る信平の剣気に押されて飛びすさった。

間合いを空けようとした曲者の眼前に、信平が迫る。

曲者はたまらず立ち止まり、攻撃に出た。

「えい！」

刀を振り上げ、渾身の袈裟懸けの斬撃を繰り出した曲者。

信平はその太刀筋を見切り、頬に刃風を感じつつ身体を横に転じてかわし、曲者の背中を峰打ちにした。

「うっ」

激痛にのけ反った曲者は片膝をつき、刀を杖にして立とうとしたが、呻いて横向きに倒れた。

頼母が曲者に飛び付いて馬乗りになり、覆面を取った。あらわとなった顔に、目を見張る。

「お前は、須賀殿の……」

又左は、悲壮な表情で顔をそむけた。

見守っていた信平は、気配を察して顔を向けた。信平の前に現れたのは、必死の顔をした初美だ。

初美は信平の前に座り、

「又左をお許しください。どうか、お許しを」

泣きながら頼んだ。

信平は狐丸を鞘に納め、初美の腕をつかんで立たせた。

「わけを聞こう」

すると初美は、うつむいて言う。

「すべては、父が強引に進める縁組を壊すためにございます」

又左から刀を奪った頼母が、初美に真顔を向けた。

「そのために、この者に命じて二人も殺させたのか」

「わたしは、人を殺してなどいません」

言ったのは又左だ。

初美が頼母に頭を下げた。

「わたくしとの縁組を断っていただくために、嘘を言いました」

頼母はため息を吐いた。

「西田誠之介のこともか」

「誠之介殿からは、妻になってくれと言われましたが、お断りしました。ですがその後もしつこく言い寄られ、あのお方を気に入った父が縁組を進めようとしたので困っていたところを、又左が助けてくれたのです」

策を講じた又左は、誠之介を博打に誘い、あたかも誠之介のせいで借財をさせられたように須賀に語って怒らせ、屋敷への出入りを禁じるよう仕向けたという。

初美が、信平に眼差しを向けた。

「すべてわたくしが悪いのです。いかようにも罰してください」

信平は、首を横に振る。

「そなた一人のせいではあるまい」

「…………」

黙り込む初美の前に又左が這い出た。信平に両手をつき、必死の顔を向ける。

「わたしが、すべて悪いのでございます。許されぬと分かっていて、お嬢様を……」

言い淀む又左の心中を察した信平が、先回りをする。

「許されぬ恋に落ち、このようなことをしたと申すか」

「申しわけございませぬ」

又左は必死にあやまった。

信平は、頼母に眼差しを向けた。

頼母は肩を落とした様子だったが、ちらと信平を見て、神妙な顔で頭を下げた。

「初美殿の言葉を鵜呑《うの》みにせず、きちんと確かめるべきでした。お許しください」

「あやまらずともよい」

「殿、このまま二人を帰すのは、よろしくないかと」

頼母が言いたいことは、信平が思っていたことと同じであろう。

「分かった。そなたは二人を連れて、赤坂に帰れ」

頼母が驚いた。

「殿は、いかがなさいます」

「麿の思いは、そなたと同じだ」

信平はそう言うときびすを返し、須賀隠岐守の屋敷へ向かった。

須賀家では、初美と又左がいないことで、騒ぎとなっていた。

そこへ信平が行き、須賀と妻の久美《ひきみ》にすべてを話した。

顔を青くした須賀は、夫婦揃って信平に両手をつき、平あやまりした。

家来が将軍家縁者の信平に刃を向けたことが公儀の耳に入れば、須賀家はただではすまぬ。

神妙に頭を下げたままの須賀に、信平は言う。

「須賀殿、二人をいかがされるおつもりか」

「はっ。まずは又左めを手討ちにいたし、初美は髪を下ろさせまする。これで、どうかお許しください」

「麿は、そのようなことは望みませぬ」

「足りぬとおっしゃるならば、この腹かっさばいてお詫びをいたしまする」

「今宵うかがいましたのは、詫びていただくためではないのです。縁談をつぶすために、このようなことまでしてしまうほど二人の思いが深いことは、先ほど麿が伝えたことで分かっていただけましたか」

信平の言葉に、須賀は困惑の顔を上げた。

「そ、それは……、まあ……」

探る眼差しを向ける須賀に、信平は言う。

「二人を引き離すのは酷というもの。初美殿の願いどおりにされてはいかがですか」

須賀は目を丸くした。

「娘を、家来に嫁がせよとおっしゃいますか」

信平はうなずいた。

「いや、しかし……」

須賀は考え、できませぬ、と言って首を横に振る。

「又左はこの屋敷で仕えている者。娘婿をそばに置いたのでは、他の家来が気をつかいますのでよろしくないと思うのですが」

「では、又左殿を御領地に送り、いずこかの代官にされてはいかがか」

「思いもよらぬことにござる。なるほど、その手がござるか」

そう言ったものの、須賀は神妙な顔をした。

「娘の幸せを思うと、信平様がおっしゃったようにするのもよいのですが、しかしながら、家来に娘を嫁がせるのは、いかがなものでござろうか」

「将軍家が臣下の大名と縁を結ぶのと、同じことと思いますが」

「それは、そうなのですが……」

悩んで答えが出せぬ須賀にしびれを切らせた久美が、膝を向けた。

「お前様、何を悩んでおられます。信平様がおっしゃったようにすれば、参勤交代で領地へ行かれた時に、誰に気兼ねなく可愛い娘に会えますよ」

この一言が、須賀の背中を押した。

「おお、そうか、そうだな」

と、嬉しそうな声をあげた須賀が、信平に顔を向けて、満面の笑みで言う。

「それがしが町で頼母殿と出会ったのも、御先祖のお導きでござろう。信平様に知恵を授けていただいたおかげで、娘はきっと、幸せになれます。このご恩、妻共々、生涯忘れませぬ」

須賀と久美は目に涙を浮かべ、揃って頭を下げた。

信平は、喜ぶ二人を見て胸をなでおろした。頼母に嫁がせたいと言ってきた須賀の、娘の幸せを願う本気を信じて話しにきて、よかったと思ったのだ。

それからひと月後に夫婦となることを許された又左と初美は、ささやかな祝言を挙げ、須賀家の領地がある遠江《とおとうみ》に旅立った。

六

城から呼び出しを受けた信平は、松姫の手伝いで身支度をしていた。

着慣れた狩衣ではなく、裃《かみしも》で登城をする信平に、松姫が扇を渡しながら言う。

「今日のお供は、頼母もいるのですか」

「ふむ」

「近頃元気がないように思えますので、外を歩いて気晴らしになればよいのですが」

「そうだな」

「元気がないのは、やはり初美殿が遠江に旅立たれたからでしょうか」

信平は、松姫に笑みを浮かべた。

「気持ちを表に出さぬが、おそらく頼母は、初恋であったのだろう。夫婦となったことを知った時、口ではよかったと申していたが、悲しそうな目をしていた」

「さようでございましたか」

「初美殿に夫婦になろうと申した時は、助けたいという気持ちが勝っていたのだろうが、そのまま、夫婦でいるのもよいと思うていたのかもしれぬ」

「頼母のことですから、すぐに立ち直るとは思いますが、城からお戻りになられたら、どこか気晴らしになるところにお連れになってはいかがですか」

「ふむ。そういたそう」

信平は、行ってまいる、と言い、表御殿に渡った。

信平はさっそく、頼母に水を向けてみた。

すると頼母は驚いた顔をしたが、すぐに察したらしく、

「お気づかいくださり、恐縮いたします。それがしはもう大丈夫です」

と、いつもの真顔で言う。

「それよりも殿、今日のお呼び出しが気になります。御役目を命じられましょうか」

信平は顎を引いた。

「おそらく、そうであろう」

「どのような御役目でしょうか」

「それは分からぬ」

皆を従えて屋敷を出た信平は、昼前に登城した。

本丸御殿では小姓の案内に従い、黒書院の間に入った。

すでに待っていた稲葉美濃守《いなばみののかみ》が、信平に顎を引き、ようまいられた、という目礼をした。

信平も目礼で返し、下座から上座に向かい、上段の間に座る将軍家綱に平伏する。

あいさつをすませた信平に、家綱が言う。

「信平、今日呼んだのは他でもない。そなたに、申しおくことがある」

「はは」

家綱は、稲葉に顎を引いた。

うやうやしく頭を下げた稲葉が、信平に顔を向ける。

「鷹司松平家を高家格《こうけ》といたし、千石の加増をいたす」

思わぬことに、信平は驚いた。

高家には、吉良《きら》、品川、石橋といった名族ら、良い家系の者が選ばれ、世襲を許される。

これに選ばれるのは名誉なことで、肝煎《きもいり》となれば、与えられる役目は、将軍の名代として伊勢《いせ》、日光などへ参拝すること、江戸にくだる勅使・院使の諸事御用などがあるのだが、表高家《おもてこうけ》ならば、基本は無役だ。

関白を輩出する鷹司家の血を引く信平は、高家にふさわしいだろう。だが、江戸にくだって武士になり、鷹司松平家の始祖となった信平に与えられるのは、おそらく後者の表高家であろう。

信平はそう思い、

「受けてくれるか」

と言った家綱の気持ちに、ありがたく従った。

「身に余る光栄にございます」

「そうか、受けてくれるか」

家綱は安心した声で言い、立ち上がった。

下段の間に下りてきた家綱に、信平はふたたび平伏した。

家綱は信平の前に座り、

「面を上げよ」

穏やかな声で言う。

応じて頭を上げた信平に、家綱は神妙な顔をする。

「高家となったそなたに、頼みがある」

「なんなりと、お申しつけください」

「来年の正月には、余の名代として宮中へ参内してくれぬか」

信平は驚いたが、わけを訊くことは許されない。

「わたくしで、よろしいのですか」

「そなたがよいのだ。帝《みかど》は四年前から、一度そなたに会うてみたいとおおせだったが、神宮路《じんぐうじ》のことがあったゆえ、余がお断り申していた。讃岐三野藩の一件を耳にして、もうよかろうと思うたのだ。行ってくれるな、信平」

これまで待ってくれた家綱の優しさに、信平は感銘し、頭を下げた。

「謹んで、承りまする」

こうして信平は、加増されて高家に名を連ねることになり、来年の正月に京へ行くことも決まった。だが、京に赴く信平に思わぬ災難がふりかかろうなどとは、この時は誰も、知る由もなかった。

特別収録短編　神《じん》宮《ぐう》路《じ》との戦いの果てに

一

「わたしに勝ったと思うな、信平」

神宮路翔《しょう》が血走った目を見開き、不気味に笑う。

「お前の大切な者を奪ってやる。思い知るがいい」

神宮路が雲切丸を振り上げ、松姫を斬った。

「松！」

信平は目覚めて顔を上げた。静寂に包まれ、日差しの中で輝く池があり、美しい庭が広がっている。

昨夜眠れなかったせいか、ついうたた寝をしてしまい、悪い夢を見たようだ。

信平は安心して息を吐き、月見台から下がった。

奥御殿に渡り、松姫の部屋に行くと、福千代を眠らせたところだった松姫が、信平に微笑んだ。

床から出て身なりを整えている松姫に、信平も微笑む。

「無理をしていないか」

「はい。今日は、気分がようございます」

「ふむ」

信平はそばに座り、福千代の小さな手を触った。

「今朝、城から沙汰があった。しばらく登城を免除され、御役目も免ぜられる」

松姫は信平に、悲しそうな眼差しを向けた。

「わたくしのために、ご出世を断られたのですか」

信平は首を横に振った。

「麿が、そうしたいのだ。これからは、いつもそばにいる」

松姫の手をつかみ、引き寄せた。

「疲れた顔をしている。昨夜も眠れなかったのであろう」

「福千代が夜泣きをしますので」

嘘だと、信平は分かっている。松姫は、信平と同じような悪夢に悩まされ、怯えて眠れないのだ。

神宮路に連れ去られ、両国橋の上で殺されかけたことが昨日のように目の奥に映り、松姫を苦しめている。

「少し休め。麿がそばにいる」

「はい」

明るい昼間に、信平の腕に抱かれて安心したのか、松姫は程なく、寝息を立てはじめた。

信平は松姫をそのまま寝させてやり、愛する人と共にいられる幸せを噛みしめるのだった。

こうしているあいだも、江戸市中では、老中・稲葉美濃守の主導による、神宮路一党の探索がおこなわれている。

神宮路翔という巨頭を失い、核となる者もいない一党は、今や離散しているのだが、美濃守は残党狩りの手を緩めず、江戸のみでなく、関八州《かんはっしゅう》、京、大坂へと探索の手を広げ、神宮路に加担していた者と判明すれば、容赦なく処刑した。

それにより、主だった者はいなくなったのだが、一部の者たちがふたたび江戸市中に潜伏しているという噂が流れ、町奉行所は南北総がかりで、身元が確かでない者のあぶり出しをはじめた。

中には、下っ端でも剛の者がおり、役人を斬殺して逃げ、商家を襲って金品を奪うなどしたので、市中は一時、混乱の極みに達した。

そこで、剛の者を取り押さえるべく、信平は先日美濃守に召し出され、五千石の役

料と共に、与力五十騎、同心八十名を束ねる市中改役を打診されたのだが、

「ご期待に沿えませぬ」

と、辞退した。

美濃守は、これはおぬしと、おぬしの大切な家族の命に関わることだ、と、厳しい態度を見せたが、信平は応じない。

あきらめない美濃守は、三日だけ考える猶予を与えようとしたが、信平は頑《かたく》なに拒み、赤坂に帰ったのだ。

このことは、本丸に詰める者から信平の舅である紀州大納言頼宣に伝わり、重く受け止めた頼宣は、ただちに将軍家綱に拝謁を求め、美濃守殿は、功労者である信平を殺す気かと訴えた。

決定事項ならば、いかに頼宣が訴えても覆すことは叶わなかっただろう。

信平を案じていた家綱は、美濃守に取り下げるよう申しつけたのだが、美濃守はその場に平伏し、一人、厄介極まりない男がいることを告げた。

名を、神宮路明楽《あきら》という若者は、神宮路翔の実の弟で、この者は名を変えて江戸に入り、二人の家来と共に身を潜めていた。

驚いた家綱と頼宣に、すでに、名うての剣客を五名殺され、もはや信平のほかに、

神宮路明楽を倒せる者はいないと、美濃守は訴えたのだ。

だが頼宣は、神宮路明楽の名が世に聞こえていないことを不審に思い、問い詰めた。

すると美濃守は、明楽が神宮路翔の弟だという事実を隠し、一党の中でも下っ端の浪人として潜伏しているからだと告げた。

明楽の狙いはただ一つ、兄の仇《かたき》である信平の命。

頼宣は焦った。松姫がふたたび狙われるのではないかと思ったのだ。

娘を案じる頼宣に、美濃守はこう言った。

「市中改役は、むしろ信平殿を守るためでございました。役を受け、配下の者たちと神宮路明楽を討つよう申したのですが、どうしても受けませぬ」

頼宣が怒った。

「婿殿は何を考えておるのだ」

「もはや神宮路には関わりたくないと申し、聞きませぬ。屋敷に現れれば即座に成敗すると申しますので、やむなく帰しました」

頼宣は言葉を失い、家綱は、信平を守るためにできるだけのことはいたせ、と、美濃守に命じた。

二

日陰がある縁側に座っている信平は、目を閉じて、静かに思いをめぐらせている。
美濃守に言われるまでもなく、この時すでに、明楽のことを知っていたからだ。
何げない文に見せかけた果たし状が届けられたのは、登城をする朝のことだった。

御屋敷に忍び込み、お命をちょうだいせんと思えば、容易《たやす》くでき申した。なれど、
それがしは兄、神宮路翔のごとき卑怯なまねはいたしませぬ。
剣の道を志す者として、あなた様と剣を交え、兄の仇を打ちとうござる。
明後日の明け六つ。目黒川新橋を渡った先にある荒れ寺にてお待ち申し上げる。
一刻過ぎてもお姿なき時は、改めて、お命をもらい受けに御屋敷にまいる所存。
その折は、奥方とお子のお命もちょうだいつかまつる。
なお、決闘の場にはお一人でまいられるよう、申し上げる。

神宮路明楽

文に書かれていた一字一句を思い返した信平の気持ちは、すでに決まっている。

決闘の場に行くつもりだ。

生きて戻れるとは限らぬが、この命あらば、狐丸を封印し、松と福千代、そして家来たち、領地の民たちのために、穏やかに過ごそう。

命は、己一人だけのものではないのだ。

死ぬわけにはいかぬ。

自分に言い聞かせた信平は、ふと、見られている気がして眼差しを転じた。

廊下の先の柱のところで福千代が一人で立ち、じっと信平を見ていた。

信平は笑みを浮かべた。

「福千代、起きたのか。おいで」

すると福千代は、指をくわえて泣きはじめた。

信平ははっとして立ち上がり、福千代を抱いて奥御殿へ渡った。

部屋に行くと、福千代の床に倒れていた松姫が、苦しそうな息をしていた。

福千代を下ろした信平は、妻を抱き起こす。

「松……、松！」

松姫は薄く目を開けて何か言おうとしたが、辛そうに瞼を閉じた。

信平は薬水の器を引き寄せ、松姫に含ませた。

「ゆっくり息をするのだ。焦らずともよい」

松姫は顎を引き、言われたとおりにするのだが、呼吸が苦しそうだ。

そこへ、竹島糸《たけしまいと》が戻ってきた。

台所に茶を淹れに行っていたのか、茶菓を載せていた折敷を持っていたが、松姫を見て落とした。

信平は松姫が何かをにぎっていることに気付き、右手を開いた。持っていたのは、小さくにぎりつぶされた文だ。

気付いた竹島糸が、はっとして着物の袂を探り、信平に頭を下げた。

「申しわけございませぬ」

「これはそなたの文か」

「はい」

その文は、舅頼宣が竹島糸に送ったもので、中には、神宮路明楽のことが書かれていた。

ふたたび命を狙うやもしれぬので、松を頼むと、書いてよこしていたのだ。

受け取った糸が目を通している時に松姫が現れたので、慌てて袂に入れたつもりが、茶を淹れに立った時、うっかり落としたことに気付かなかったのだ。

信平は文を糸に返し、松姫に眼差しを向ける。

「心配はいらぬ。福千代にもそなたにも、手出しさせぬ」

松姫は信平の手をにぎり、うつろな眼差しを向けた。

「旦那様、どこにも行かないでください」

どうやら松姫は、信平の決意を覚っているようだ。

何も言わぬ信平に、糸が驚いた。

「信平様、もしや神宮路の弟と戦われるのですか」

「旦那様、行かないで……」

「案ずるな。気持ちを安らかにいたせ」

信平は松姫に薬水を飲ませて、横にさせた。

松姫は心配そうな顔をしていたが、信平が福千代を抱いて見守っていると、呼吸も落ち着き、やがて眠りについた。

「糸」

「はい」

「このこと、誰かに話したか」

「葉山殿に」

「そうか。松と福千代を頼む」

「信平様……」

「行かなければ、明楽が来るのだ」

信平が立ち上がると、糸は福千代を引き寄せ、頭を下げた。

「奥方様と若君のために、どうか、ご無事でお戻りください」

「うむ」

信平は部屋を出た。

表御殿に戻るなり、

「殿！」

善衛門が走り寄る。

「先ほど糸殿から聞きました。神宮路の弟が江戸にいるのはまことでござるか」

「うむ」

「兄の仇を取りに来たのであれば、油断なりませぬぞ。忍び込まれぬよう、屋敷の守りを固めます」

「その必要はない」

「何ゆえでござる」

信平は果たし状を渡した。

受け取った善衛門が、読んで目を見張った。

「これはいつ届いたのです」

「明日の朝、行かねばならぬ」

「一人はなりませぬ。罠《わな》に決まっております」

「ここに来させるわけにはいかぬ。このことは善衛門、そなたの胸に秘めておいてくれ」

「しかし……」

「騒げば松が怯える。心配するな。必ず生きて戻る」

「殿……」

信平は善衛門に顎を引き、下がらせた。障子が閉められると、長い息を吐いて立ち上がり、狐丸の前に行く。気持ちを落ち着かせて、手を伸ばした。

三

血がしたたる刀身を見つめる眼差しは、復讐《ふくしゅう》に燃える光ではなく、冷徹そのもの。人を斬ることなどなんとも思わぬ、人斬りの目だ。

血振るいをする足下には、公儀が差し向けた剣客が倒れている。

「次は誰だ」

落ち着いた声に、囲んでいる者たちが焦りの色を浮かべる。

「おのれ！」

叫んだ侍が斬りかかった。袈裟懸けに斬り下ろした一撃を、神宮路明楽は顔色一つ変えずにかわし、前に出る。片手斬りに胴を払い、倒れる侍を見もせずに、次の相手に迫る。

慌てて刀を振り上げた侍の胸を突き、隙を突いて背後から斬りかかる侍を振り向きざまに斬った。

腹を斬り払った愛刀の切っ先から血がほとばしり、商家の戸を汚す。

人通りの絶えた道に呻き声が響き、倒れた侍が苦しんでいる。

神宮路明楽は血振るいをして刀を納め、暗い道から去った。

背後に近づいた二人の配下に、顔を向けもせずに訊く。

「信平はどうしている」

「先ほど屋敷を出ました」

「一人か」

「はい」

「さすがは兄上を倒した男だ。ではお前たちも去れ」

「しかし……」

「五味正三とやらが、多くの仲間を捕らえている。お前たちは奴を殺せ」

「かしこまりました」

二人の配下は、離れて行った。

明楽は一人夜道を歩み、決闘の場へ向かう。

四

信平が荒れ寺の山門を潜ったのは、果たし状に記されていた明け六つだ。

草の生えた山門から、無数の烏《からす》が見おろしている。境内の木にも烏がいて、こちらはうるさいほどに鳴いていた。

膝まで伸びた草が境内を埋め尽くし、足下に土は見えない。草を踏み倒した一本筋が、朽ちて傾いた本堂まで続いている。

信平はその道筋をたどり、本堂へ向かう。正面の石段のところまで行った時、頭上に殺気を覚えた信平は、咄嗟に飛びすさった。

「うっ」

左腕に痛みが走るのと、飛び下りた人影が迫るのが同時だった。

信平は狐丸を抜き、斬りかかる相手の刀を受け流した。そして身体を転じ、相手の背中に一刀を浴びせたが、手ごたえはない。

なんの前触れもなく、戦いがはじまった。

明楽は二度飛びすさり、十分な間合いを取る。

対峙した信平に鋭い眼差しを向け、薄く赤い唇に笑みを浮かべた。

神宮路翔に似ていないが、美しい顔立ちをしている。だが冷徹な眼差しは兄と同じで、恐ろしいまでの剣気を宿している。

「信平、兄を倒しただけのことはある。だが言っておくが、剣の腕は兄よりおれが上だ。その首を取り、兄の御霊《みたま》を鎮める」

「そうはさせぬ」

信平は左足を出して右手の狐丸を背後に隠し、左手を顔の前に上げて防御の構えを取った。

「まいる」

明楽は言うなり、正面に切っ先を下げたまま猛然と迫った。間合いを詰めるや、斬り上げた。

その一撃を信平にかわされるや、

「むん！」

裂ぱくの気合と共に、返す刀で斬り下ろす。

受けた信平の狐丸とぶつかり、激しい火花が散る。

激痛に呻いたのは、信平だ。

片手で受けた狐丸を押され、肩を引き斬られたのだ。

飛びすさる信平を追い、明楽が眼前に迫る。

次に振るわれた一撃を、信平は狐丸で受け流し、右に飛んで離れた。

片膝をついて息を荒くする信平に対し、明楽は勝ち誇った笑みを浮かべた。

「お前のような男に斬られるとは、兄上はずいぶん腕を落とされていたようだ」

「いや、そなたより神宮路翔のほうが強い」

「ふん、そのざまで言うな」

信平は長い息を吐き、立ち上がった。狐丸を右手ににぎり、両腕を広げて構える。

信平の凄まじい剣気に、明楽の顔から笑みが消えた。

「おのれ……」

刀を正眼に構えた明楽が、脇構えに転じて前に出る。

渾身の力をもって斬り下ろした明楽の前から、信平が消えた。

空振りをした明楽の目には、横に転じた信平が見えている。

「てや！」

叫んで刀を横に振るったが、空を斬った。

明楽の背後で狩衣の袖が舞い、狐丸が一閃された。

「うっ」

目を見張った明楽は、両膝をつき、刀をにぎったまま横向きに倒れた。

息絶えた明楽を見おろした信平は、狐丸の血振るいをして鞘に納め、静かに息を吐く。

きびすを返して山門へ行くと、柱の陰から善衛門が現れた。

心配そうな顔の善衛門に、信平は微笑む。声をかけようとして、足がふらついた。

「殿」

駆け寄った善衛門に、信平は言う。

「このままでは帰れぬ。着替えさせてくれ」

「このようなこともあろうかと、近くの寺に支度をしております。首尾は」

「うむ。弔いを頼む」

「寺の者に頼みましょう。さ、肩を」

「傷は浅い。今日のことは、皆には言わずにいてくれ」

「こころえました」

善衛門の手を借りて近くの寺に行き、そこで血止めをすると、着替えをして赤坂に帰った。

傷は痛むが、松姫の耳に入れぬためにも、皆に知られるわけにはいかぬ。

佐吉や頼母が、どこに行っていたのか訊いてきたが、善衛門がうまくごまかしてくれた。

信平は一人でその場を離れ、自分の部屋に入った。腰から狐丸を外して、そっと刀掛けに置く。

松が回復するまでは、そなたを抜くことはあるまい。

信平は胸の中でそう語り、狐丸を封印した。

肩と腕の痛みに息を止めて立ち上がり、部屋から出て障子を閉めた。

信平の影が去って程なく、障子が開けられ、狐丸に日の光が当たる。足音が近づき、人影が差した。じっと狐丸を見ているのは、福千代だ。

幼い福千代は何を思うのか、小さな手を狐丸に差し伸べ、雅《みやび》なこしらえの鞘に触れた。

「触ってはならぬ」

声に驚いた福千代が振り向く。

信平は、にんまりと笑う福千代に、

「よいな」

言い聞かせて、頭に手を差し伸べた。

狐丸がこの部屋から消えたのは、三年後のことだ。

本書は講談社文庫のために書下ろされました。

|著者| 佐々木裕一　1967年広島県生まれ、広島県在住。2010年に時代小説デビュー。「公家武者　松平信平」シリーズ、「浪人若さま新見左近」シリーズのほか、「若返り同心 如月源十郎」シリーズ、「あきんど百譚」シリーズ、「佐之介ぶらり道中」シリーズ、「若旦那隠密」シリーズなど、痛快かつ人情味あふれるエンタテインメント時代小説を次々に発表している人気時代作家。本作は公家武者・松平信平を主人公とする、講談社文庫からの新シリーズ、第2弾。

逃《に》げた名馬《めいば》　公家武者《くげむしゃ》 信平《のぶひら》(二)

佐々木裕一《ささきゆういち》

2018年2月15日第1刷発行

発行者──鈴木　哲
発行所──株式会社　講談社
東京都文京区音羽2-12-21　〒112-8001
電話　出版（03）5395-3510
　　　販売（03）5395-5817
　　　業務（03）5395-3615

Printed in Japan

講談社文庫
定価はカバーに表示してあります

デザイン──菊地信義
本文データ制作──講談社デジタル製作
印刷──中央精版印刷株式会社
製本──中央精版印刷株式会社

ISBN978-4-06-293861-7

講談社文庫刊行の辞

二十一世紀の到来を目睫に望みながら、われわれはいま、人類史上かつて例を見ない巨大な転換期をむかえようとしている。

世界も、日本も、激動の予兆に対する期待とおののきを内に蔵して、未知の時代に歩み入ろうとしている。このときにあたり、創業の人野間清治の「ナショナル・エデュケイター」への志を現代に甦らせようと意図して、われわれはここに古今の文芸作品はいうまでもなく、ひろく人文・社会・自然の諸科学から東西の名著を網羅する、新しい綜合文庫の発刊を決意した。

激動の転換期はまた断絶の時代である。われわれは戦後二十五年間の出版文化のありかたへの深い反省をこめて、この断絶の時代にあえて人間的な持続を求めようとする。いたずらに浮薄な商業主義のあだ花を追い求めることなく、長期にわたって良書に生命をあたえようとつとめるところにしか、今後の出版文化の真の繁栄はあり得ないと信じるからである。

同時にわれわれはこの綜合文庫の刊行を通じて、人文・社会・自然の諸科学が、結局人間の学にほかならないことを立証しようと願っている。かつて知識とは、「汝自身を知る」ことにつきていた。現代社会の瑣末な情報の氾濫のなかから、力強い知識の源泉を掘り起し、技術文明のただなかに、生きた人間の姿を復活させること。それこそわれわれの切なる希求である。

われわれは権威に盲従せず、俗流に媚びることなく、渾然一体となって日本の「草の根」をかたちづくる若く新しい世代の人々に、心をこめてこの新しい綜合文庫をおくり届けたい。それは知識の泉であるとともに感受性のふるさとであり、もっとも有機的に組織され、社会に開かれた万人のための大学をめざしている。大方の支援と協力を衷心より切望してやまない。

一九七一年七月

野間省一

講談社文庫　目録

佐伯泰英　暗殺〈交代寄合伊那衆異聞〉
佐伯泰英　血脈〈交代寄合伊那衆異聞〉
佐伯泰英　飛躍〈交代寄合伊那衆異聞〉
沢木耕太郎　一号線を北上せよ〈ヴェトナム街道編〉
佐藤友哉　エナメルを塗った魂の比重〈鏡稜子ときせかえ密室〉
佐藤友哉　水没ピアノ〈鏡創士がひきもどす犯罪〉
佐藤友哉　クリスマス・テロル〈invisible×inventor〉
櫻田大造　「優」をあげたくなる答案・レポートの作成術
佐川光晴　縮んだ愛
沢村凜　タソガレ
佐野眞一　誰も書けなかった石原慎太郎
佐野眞一　津波と原発
佐藤多佳子　一瞬の風になれ　全三巻
笹本稜平　駐在刑事
笹本稜平　駐在刑事　尾根を渡る風
佐藤亜紀　ミノタウロス
佐藤亜紀　醜聞の作法
佐藤千歳　インターネットと中国共産党〈「人民網」体験記〉
斎樹真琴　地獄番　鬼蜘蛛日誌

桜庭一樹　ファミリーポートレイト
佐々木則夫　なでしこ力〈さあ、一緒に世界一になろう!〉
沢里裕二　淫府再興
沢里裕二　淫果応報
沢里裕二　淫具屋半兵衛
佐藤あつ子　昭《あき》　田中角栄と生きた女
西條奈加　世直し小町りんりん
西條奈加　まるまるの毬《いが》
佐伯チズ　改訂完全版　佐伯チズ式「完全美肌バイブル」〈123の肌悩みにズバリ回答!〉
斉藤洋　ルドルフとイッパイアッテナ
斉藤洋　ルドルフともだちひとりだち
佐々木裕一　若返り同心　如月源十郎〈不思議な飴玉〉
佐々木裕一　若返り同心　如月源十郎〈闇の顔〉
佐々木裕一　公家武者　信平《のぶひら》〈消えた狐丸〉
司馬遼太郎　新装版　播磨灘物語　全四冊
司馬遼太郎　新装版　箱根の坂　(上)(中)(下)
司馬遼太郎　新装版　アームストロング砲
司馬遼太郎　新装版　歳月　(上)(下)
司馬遼太郎　新装版　おれは権現

司馬遼太郎　新装版　大坂侍
司馬遼太郎　新装版　北斗の人　(上)(下)
司馬遼太郎　新装版　軍師二人
司馬遼太郎　新装版　真説宮本武蔵
司馬遼太郎　新装版　最後の伊賀者
司馬遼太郎　新装版　俄　(上)(下)
司馬遼太郎　新装版　尻啖え孫市　(上)(下)
司馬遼太郎　新装版　王城の護衛者
司馬遼太郎　新装版　妖怪　(上)(下)
司馬遼太郎　新装版　風の武士　(上)(下)
司馬遼太郎　戦雲の夢〈レジェンド歴史時代小説〉
司馬遼太郎　海音寺潮五郎　新装版　日本歴史を点検する
司馬遼太郎　井上ひさし　新装版　国家・宗教・日本人
司馬遼太郎　陳舜臣　金達寿　新装版　歴史の交差路にて〈日本・中国・朝鮮〉
柴田錬三郎　お江戸日本橋　(上)(下)
柴田錬三郎　貧乏同心御用帳
柴田錬三郎　新装版　岡っ引どぶ〈柴錬捕物帖〉
柴田錬三郎　新装版　顔十郎罷り通る　(上)(下)
柴田錬三郎　江戸っ子侍　(上)(下)〈レジェンド歴史時代小説〉

講談社文庫　目録

柴田哲孝　異聞 太平洋戦記
柴田哲孝　チャイナ インベイジョン〈中国日本侵蝕〉
柴田哲孝　クズリ〈ある殺し屋の伝説〉
塩田武士　盤上のアルファ
塩田武士　女神のタクト
塩田武士　ともにがんばりましょう
芝村涼也　鬼《き》溜《だ》まりの闇〈素浪人半四郎百鬼夜行(一)〉
芝村涼也　鬼心の刺客〈素浪人半四郎百鬼夜行(二)〉
芝村涼也　蛇変化の淫〈素浪人半四郎百鬼夜行(三)〉
芝村涼也　狐嫁の列〈素浪人半四郎百鬼夜行(零)〉
芝村涼也　怨《おん》鬼《き》の執《しゅう》〈素浪人半四郎百鬼夜行(四)〉
芝村涼也　夢告の訣れ〈素浪人半四郎百鬼夜行(五)〉
芝村涼也　孤《こ》闘《とう》の寂《せき》〈素浪人半四郎百鬼夜行(六)〉
芝村涼也　邂逅の紅蓮〈素浪人半四郎百鬼夜行(七)〉
芝村涼也　終焉の百鬼行〈素浪人半四郎百鬼夜行(八)〉
芝村涼也　追憶の翰《かん》〈素浪人半四郎百鬼夜行(拾遺)〉
真藤順丈　畦と銃
芝　豪　朝鮮戦争(上)(下)
信濃毎日新聞取材班　不妊治療と出生前診断〈温かな手で〉

柴崎竜人　三軒茶屋星座館1〈冬のオリオン〉
柴崎竜人　三軒茶屋星座館2〈夏のキグナス〉
城平　京　虚構推理
周木　律　眼球堂の殺人～The Book～
周木　律　双孔堂の殺人～Double Torus～
周木　律　五覚堂の殺人～Burning Ship～
周木　律　伽藍堂の殺人～Banach-Tarski Paradox～
下村敦史　闇に香る嘘
下村敦史　生還者
杉本苑子　孤愁の岸(上)(下)
杉浦日向子　新装版 東京イワシ頭
杉浦日向子　新装版 呑々草子
杉浦日向子　新装版 入浴の女王
鈴木光司　神々のプロムナード
杉本章子　お狂言師歌吉うきよ暦
杉本章子　大奥二人道成寺〈お狂言師歌吉うきよ暦〉
杉本章子　精《あき》姫《ひめ》様一条〈お狂言師歌吉うきよ暦〉
杉本章子　東京影同心
杉山文野　ダブルハッピネス

諏訪哲史　アサッテの人
諏訪哲史　ロンバルディア遠景
末浦広海　訣別の森
末浦広海　捜査官
須藤靖貴　抱きしめたい
須藤靖貴　池波正太郎を歩く
須藤靖貴　どまんなか(1)
須藤靖貴　どまんなか(2)
須藤靖貴　どまんなか(3)
須藤靖貴　おれ、力士になる
鈴木仁志　司法占領
須藤元気　レボリューション
菅野雪虫　天山の巫女《みこ》ソニン(1) 黄金の燕
菅野雪虫　天山の巫女《みこ》ソニン(2) 海の孔雀
菅野雪虫　天山の巫女《みこ》ソニン(3) 朱鳥《あけがらす》の星
菅野雪虫　天山の巫女《みこ》ソニン(4) 夢の白鷺
菅野雪虫　天山の巫女《みこ》ソニン(5) 大地の翼
鈴木大介　ギャングース・ファイル〈家のない少年たち〉
鈴木みき　日帰り登山のススメ〈あした、山へ行こう!〉

瀬戸内晴美 かの子撩乱
瀬戸内晴美 京まんだら㊤㊦
瀬戸内晴美 祇園女御㊤㊦
瀬戸内晴美 花 怨
瀬戸内晴美 蜜と毒
瀬戸内寂聴 新寂庵説法 愛なくば
瀬戸内寂聴 人が好き［私の履歴書］
瀬戸内寂聴 白 道
瀬戸内寂聴 寂聴相談室 人生道しるべ
瀬戸内寂聴 花 芯
瀬戸内寂聴 瀬戸内寂聴の源氏物語
瀬戸内寂聴 愛する能力
瀬戸内寂聴 藤 壺
瀬戸内寂聴 生きることは愛すること
瀬戸内寂聴 寂聴と読む源氏物語
瀬戸内寂聴 月の輪草子
瀬戸内寂聴 新装版 寂庵説法
瀬戸内寂聴・訳 源氏物語 巻《まき》一《いち》
瀬戸内寂聴・訳 源氏物語 巻《まき》二《に》
瀬戸内寂聴・訳 源氏物語 巻《まき》三《さん》
瀬戸内寂聴・訳 源氏物語 巻《まき》四《し》
瀬戸内寂聴・訳 源氏物語 巻《まき》五《ご》
瀬戸内寂聴・訳 源氏物語 巻《まき》六《ろく》
瀬戸内寂聴・訳 源氏物語 巻《まき》七《しち》
瀬戸内寂聴・訳 源氏物語 巻《まき》八《はち》
瀬戸内寂聴・訳 源氏物語 巻《まき》九《く》
瀬戸内寂聴・訳 源氏物語 巻《まき》十《じゅう》
関川夏央 子規、最後の八年
先崎 学 先崎学の実況！盤外戦
妹尾河童 少 年 H㊤㊦
妹尾河童 河童が覗いたインド
妹尾河童 河童が覗いたヨーロッパ
妹尾河童 河童が覗いたニッポン
妹尾河童 野坂昭如 少年Hと少年A
瀬尾まいこ 幸福な食卓
関原健夫 がん六回 人生全快
瀬川晶司 泣き虫しょったんの奇跡 完全版〈サラリーマンから将棋のプロへ〉
瀬名秀明 月と太陽
曽野綾子 透明な歳月の光
曽野綾子 新装版 無名碑㊤㊦
蘇部健一 六枚のとんかつ
蘇部健一 六とん2
蘇部健一 届かぬ想い
曽根圭介 沈底魚
曽根圭介 本ボシ
曽根圭介 藁《わら》にもすがる獣たち
曽根圭介 TATSUMAKI〈特命捜査対策室7係〉
zopp ソングス・アンド・リリックス
田辺聖子 川柳でんでん太鼓
田辺聖子 おかあさん疲れたよ㊤㊦
田辺聖子 ひねくれ一茶
田辺聖子 愛の幻滅㊤㊦
田辺聖子 うたかた
田辺聖子 春情蛸の足
田辺聖子 蝶花嬉遊図
田辺聖子 言い寄る
田辺聖子 私的生活

講談社文庫　目録

高橋克彦　広重殺人事件
高橋克彦　北斎の罪
高橋克彦　総門谷R 阿黒篇
高橋克彦　総門谷R 鵺(ぬえ)篇
高橋克彦　総門谷R 小町変妖篇
高橋克彦　総門谷R 白骨篇
高橋克彦　星封陣
高橋克彦　炎《ほむら》立つ 壱 北の埋み火
高橋克彦　炎立つ 弐 燃える北天
高橋克彦　炎立つ 参 空への炎
高橋克彦　炎立つ 四 冥き稲妻
高橋克彦　炎立つ 伍 光彩楽土〈全五巻〉
高橋克彦　白妖鬼
高橋克彦　降魔王
高橋克彦　鬼
高橋克彦　火怨〈北の燿星アテルイ〉(上)(下)
高橋克彦　時宗 壱 乱星
高橋克彦　時宗 弐 連星
高橋克彦　時宗 参 震星

高橋克彦　時宗 四 戦星〈全四巻〉
高橋克彦　天を衝く(1)～(3)
高橋克彦　ゴッホ殺人事件(上)(下)
高橋克彦　竜の柩(1)～(6)
高橋克彦　刻謎宮(1)～(4)
高橋克彦　高橋克彦自選短編集〈1 ミステリー編〉
高橋克彦　高橋克彦自選短編集〈2 恐怖小説編〉
高橋克彦　高橋克彦自選短編集〈3 時代小説編〉
高樹のぶ子　飛水
田中芳樹　創竜伝1〈超能力四兄弟《ドラゴン》〉
田中芳樹　創竜伝2〈摩天楼の四兄弟《ドラゴン》〉
田中芳樹　創竜伝3〈逆襲の四兄弟《ドラゴン》〉
田中芳樹　創竜伝4〈四兄弟《ドラゴン》脱出行〉
田中芳樹　創竜伝5〈蜃気楼都市《ミラージュ・シティ》〉
田中芳樹　創竜伝6〈染血の夢《ブラッディ・ドリーム》〉
田中芳樹　創竜伝7〈黄土のドラゴン〉
田中芳樹　創竜伝8〈仙境のドラゴン〉
田中芳樹　創竜伝9〈妖世紀のドラゴン〉
田中芳樹　創竜伝10〈大英帝国最後の日〉

田中芳樹　創竜伝11〈銀月王伝奇〉
田中芳樹　創竜伝12〈竜王風雲録〉
田中芳樹　創竜伝13〈噴火列島〉
田中芳樹　魔天楼〈薬師寺涼子の怪奇事件簿〉
田中芳樹　東京ナイトメア〈薬師寺涼子の怪奇事件簿〉
田中芳樹　巴里《パリ》・妖都変〈薬師寺涼子の怪奇事件簿〉
田中芳樹　クレオパトラの葬送〈薬師寺涼子の怪奇事件簿〉
田中芳樹　黒蜘蛛島《ブラックスパイダー・アイランド》〈薬師寺涼子の怪奇事件簿〉
田中芳樹　夜光曲〈薬師寺涼子の怪奇事件簿〉
田中芳樹　霧の訪問者〈薬師寺涼子の怪奇事件簿〉
田中芳樹　水妖日にご用心〈薬師寺涼子の怪奇事件簿〉
田中芳樹　魔境の女王陛下〈薬師寺涼子の怪奇事件簿〉
田中芳樹　タイタニア1〈疾風篇〉
田中芳樹　タイタニア2〈暴風篇〉
田中芳樹　タイタニア3〈旋風篇〉
田中芳樹　タイタニア4〈烈風篇〉
田中芳樹　タイタニア5〈凄風篇〉
田中芳樹　ラインの虜囚
田中芳樹 幸田露伴原作　運命〈二人の皇帝〉

2017年12月15日現在